KORNETTEN

– et rop om hjelp

Arne Berggren

KORNETTEN

– et rop om hjelp

Shūuto.

(17. mai – et sted i Sverige)

K lokken er snart fem om ettermiddagen. Det er en helt vanlig dag. Ikke noe spesielt. Helt normalt. En dag som alle andre dager. Jeg sitter i skyggen og ser menneskene som passerer den lille kafeen. For dem er det også en helt normal dag. Nå kommer kelneren bort til bordet vårt. Han skjenker i glassene.

– Sockerdrycka til pojken, sier kelneren og smiler til meg. Jeg forsøker å smile tilbake. Så ser han på Pappa og Mamma.

– Jahå, så ni räser utomlands på nationaldagen? sier han og dytter glasset litt nærmere Mamma. Pappa ser litt brydd ut og blar i pengene for å gjøre opp fortest mulig. Jeg snur meg bort og smaker på brusen. Noe beveger seg nede i magen min. Langt borte kan jeg ane ropene fra bermen. Lyden av messinginstrumenter.

– Är pojken sjuk? spør kelneren.

– Nei da, nei da! sier Pappa og gir ham noen sedler.

– Behold resten, takk skal De ha.

– Jo, tack så mycke, sier kelneren. – Ha en trävlig nationaldag!

I det han sier ordet for andre gang, velter det seg i meg. Nasjonaldag! Jeg reiser meg brått fra bordet og småløper bort til hekken og kaster opp.

Roald Andersen så ned på oss fra kateteret. Dirigenten i Bestum skoles musikkorps. Det var onsdag ettermiddag.

Endelig var det vår tur.

– Ja, velkommen, sa Roald Andersen. – Velkommen til korpset, kjære tredjeklassinger. Fra og med i kveld kan dere kalle dere «aspiranter».

Han fortalte litt om korpsets historie, som stort sett dreide seg om en tur til Tivoli for snart tyve år siden. I korridoren utenfor hang det et innrammet bilde fra akkurat den turen. Til høyre på bildet så vi Københavns borgermester. Han holdt armen rundt en jente med klarinett. Korpset hadde andre uniformer på den tiden, hvite kokkejakker, det så ikke bra ut i det hele tatt, og de fleste på bildet var nok døde for lengst.

Andersen fortalte om aspirantlivets gleder. Om notekurset som skulle vare et par måneder. Og han beklaget seg over rekrutteringen.

Roald Andersen hadde ledet korpset i snart ti år. Noen av foreldrene husket ham fra et pauseinnslag på tv. I jakke av speilfløyel og med vått, tilbakestrøket hår fremførte trompetist Roald Andersen en Elvis Presley-melodi med lukkede øyne og Robert Levin bak flygelet. Roald Andersen hadde spilt på jazzklubber over hele verden. Roald Andersen hadde spilt på Slottet. Roald Andersen spilte solo med Wenche Myhre på grammofonplate. Og nå stod han der oppe bak kateteret og snakket til oss. Om hvordan marsjen skulle erobre verden. Hvordan musikken var et språk på tvers av landegrensene.

– Mange synes liksom ikke det er fint å spille i korps, sa Andersen og ristet på hodet. – Som om ikke det å spille et instrument er noe av det fineste et menneske kan beskjeftige seg med!

Han spyttet ordene ut. At det fantes folk som ikke satte pris på korpsmusikk, hadde vi ikke tenkt oss engang. Andersen mente det var noe i tiden, noe med forfall. Hippier. Langt hår. Gitarmusikk.

– Men marsjene kommer alltid tilbake, ropte Andersen utover forsamlingen av tredjeklassinger og én og annen etternøler fra fjerde og femte. – Marsjene kommer tilbake!

I mellomtiden var det altså et ørlite problem med rekrutteringen. Korpset hadde for eksempel bare én på trompet, ingen på saksofon, ja, vi aspirantene måtte i det hele tatt legge oss i selene for å bli med i samspillet fortest mulig om ikke Bestum skoles musikkorps skulle møte den visse død førstkommende 17. mai. Vi kunne liksom se korpset segne om og oppløses mot den vårvarme asfalten, foran vantro tilskuere, henrykte fluer og fedre med filmkamera.

Så tegnet Andersen noter på tavlen. Han kalte dem for gå-noter og løpenoter, og det hele hørtes ganske greit ut. Det eneste vi tenkte på var i grunnen hva slags instrument vi ville få utdelt. Vi hadde jo ikke spesielt store hjerner på den tiden, det er ikke så mye du forstår i tredje klasse, men såpass skjønte vi, at alle kunne ikke få spille hva de villc. Da kunne man risikere at Bestum skoles musikkorps en vakker maidag kom sosende bortover Ringveien med for eksempel fire rekker stortrommer, to rekker med lokk og resten trompeter. Det blir ikke marsj av sånt noe. For innimellom skal det være althorn, tubaer, tromboner, skarptrommer og kanskje en fløyte eller to og kanskje en saksofon. Det blir ikke noen gryterett med bare kjøtt, sa Roald Andersen. Eller salat med bare tunfisk. Og noen skal bære fanen. Og noen skal bare gå foran med en slags stokk og peke ut retningen. Så Roald Andersen trengte ikke fortelle oss at et musikkorps er et lite samfunn i miniatyr, eller at det er som en stor maskin der vi alle er bittesmå deler. Vi hadde sett musikkorps før. Vi hadde sett at noen instrumenter virket kulere enn andre. At det ble kamp om plassene her, ja det skjønte vi. Så vi lyttet og ventet og var spente.

– Jaha, sa Andersen og så på klokken. – Det var vel alt for i dag, sa han og så delte han ut et hefte til hver av oss.

– Ta og les dette til neste onsdag, sa han. – Da begynner notekurset.

Vi stod ute på gangen. En liten gjeng. Det var så rart å være på skolen om kvelden – frivillig. Alt virket litt annerledes. Vi stod og småpratet om korpset mens vi glante på de svære skapene med utstoppede fugler og innvoller på glass. Jeg var den eneste fra min klasse. Og så var det Per Gustav og Joffe fra A-klassen. Og en pike som nettopp hadde begynt på skolen vår, i fjerde. Hadde nesten ikke lagt merke til henne. Cornelia, het hun og hadde regulering.

– Jeg skal spille sax, sa Joffe mens han dirket på skaplåsen med en fyrstikk. Innenfor stod det en hodeskalle og et glass med et øye som fløt i sprit.

– Sax? sa Per Gustav.

– Saxofon, sa Joffe.

– Jeg skal spille tromme, sa Per Gustav.

De så på meg. Jeg vet ikke hvor det kom fra, men jeg hørte meg selv, som fra et sted langt av gårde:

– Trompet, sa jeg. – Jeg skal spille trompet.

– Trompet? sa Cornelia. – Det er det aller fineste instrumentet.

Joffe snudde seg mot henne.

– Hvem var det som spurte hva du mente? sa han.

Cornelia trakk seg unna.

– Fy faen, jentelus! sa Joffe og brakk seg. Vi lo.

Pappa og Mamma satt i stuen da jeg kom hjem. Mamma så på meg med litt ivrige øyne, Pappa leste avisen. Det var sånn det var.

– Hvordan gikk det på øvingen i dag? spurte han uten å se opp.

– Det var vel ikke akkurat en øving, sa jeg.

– Fortell, da, Stumpen, sa Mamma.

– Jeg heter ikke Stumpen, sa jeg og holdt frem det lille heftet.

– Få se, gutten min, er det noter du har der? sa Pappa.

– Vet ikke, tror ikke det, egentlig. Mamma tok heftet og bladde i det.

– Nei, det er visst ingen noter her, sa hun
og ga heftet til Pappa.

– Hmmm, sa Pappa og bladde.

– Jo, her er det noter, sa han og holdt side-
ne frem mot oss. Han leste høyt.

– «Her har du tre gode venner. Det er lø-
penoten, gånoten og pausen. Du skal få møte
enda flere etter hvert. Notene er som en stor
familie. Det fins regler for hva som er riktig
og galt.

– Hvor er instrumentet? spurte Pappa. –
Fikk du ikke med deg noe å øve på?

– Vi fikk bare dette heftet, sa jeg og følte
meg lurt. Hva var dette for et opplegg? Jeg
ville spille trompet. Med én gang!

– Jaha, da begynner dere vel skikkelig neste
gang, sa Pappa og forsvant ned i avisen igjen.

Skolemusikken har vært en utømmelig kilde til glede og inspirasjon for tusener på tusener av norske barn og ungdommer over hele landet. Det er ikke få av våre profesjonelle musikere som en gang har startet opp i det lokale musikkorpset.

Som medlem av korpset tar du del i et fellesskap utover det musikalske. Vennskapsbånd knyttes for livstid, man gjør erfaringer som kan vise seg viktige i det voksne yrkesliv, men først og fremst er det den kreative musikkutfoldelsen som er drivkrafte,n og som stadig trekker nye generasjoner til en landsomfattende bevegelse – den norske korpsbevegelsen – unik, selv i internasjonal sammenheng.»

En uke kan være sirup. I hvert fall når du venter på at det skal bli neste uke. Og enda verre – når du venter på at det skal bli onsdag i neste uke. Dagene slepte seg forbi som eldre mennesker med gåstol. Jeg bladde litt i heftet nå og da, men ble ikke stort klokere. Løpenotene og gånotene så for meg mer ut som pissemaur som noen hadde tråkket på.

Men onsdagen kom, og skoledagen passerte med torskerogn på matpakken og utegym i siste time. Jeg hang rundt i skolegården til klokken ble fem. I kveld skulle alvoret begynne. Aldo Monrad skulle få sin første trompet!

Vi samlet oss inne i det samme klasserommet. Joffe og jeg satt foran.

Klokken ble fem over fem. Og så var den plutselig kvart over fem, og da klokken svingte nedom halv seks og vi lurte på om det var feil dag, hørte vi plutselig skramling i en dør og litt tassende skritt ute i korridoren.

Døren til klasserommet gled forsiktig opp med et lite knirk, og i dørsprekken kunne vi se Roald Andersen som virket overrasket over å se noen der. Han forsøkte å se på klokken, tror jeg, han gjorde i alle fall en slags bevegelse som om han ville trekke opp jakkeermet for å kontrollere tiden, men han fikk det liksom ikke helt til. Så åpnet han døren helt opp, gredde håret vekk fra pannen, førte hånden til lysbryteren, slo av taklyset, entret klasserommet og plasserte seg oppe bak kateteret.

– Vel, kjære aspiranter, begynte Roald Andersen. Joffe var borte og slo på lyset

– Kjære, kjære aspiranter, sa Roald Andersen, enda en gang. – Jeg vet ikke om dere kan forstå hva for en verden som nå åpner sine dører for hver og én av dere.

Han tok frem brillene fra innerlommen, satte dem på nesen, lente hodet fremover og så på oss over brillekanten. Så tok han av seg brillene igjen og pusset dem med skjorteflaket. Deretter la han brillene tilbake i lommen. Roald Andersen reiste seg og gikk bort og åpnet vinduet mens han puttet en pastill i munnen.

– Kan dere fatte og begripe, sa han og snudde seg mot oss, aspirantene, igjen. – Kan dere et ørlite sekund begripe hvordan musikkens vesen kan ta oss så usigelig hardt fatt rundt hjerterøttene og trekke til? Kan dere forstå det?

Han virket litt rørt. Som om han hvert øyeblikk skulle begynne å grine.

– Da jeg var på deres alder, sa Andersen, – hadde jeg også forventninger til hva musikken skulle bringe. Hver note var en vakker svane som skulle ta meg av sted, over den blåeste blåne, til fremmede verdener og fremmede hav, ja, til fremmede lukter, til kvinnfolk ... Ja, kort sagt ...

Han ble stående litt ustøtt og snufse nesten uhørlig mens han klødde seg i pannen. Joffe rakte opp hånden, men ventet ikke på svar.

– Når får vi instrumenter? spurte han.

– Instrumenter? sa Roald Andersen. – Vet dere ikke at musikken kommer herfra, her innefra?

Han holdt seg til hjertet.

– Musikken er noe man enten er født med, inni seg, eller ikke. Man kan ikke lære seg musikk, hvisket han, og vi så usikkert på hverandre. – Nei, man bærer den med seg fra fødselen av. Dere må aldri tro musikk kan læres! Vel, kanskje kan man bli en god skuespiller, kanskje kan man bli en god maler, men musikken, folkens, den har noen mennesker inni seg, enten man vil eller ikke. Og er du så heldig at du er født med musikken i deg, så stanser den aldri. Jeg gjentar: Aldri! Hele tiden. Det er som om notene kryper rundt der inne i innvollene dine, suger tak i nervetrådene dine. Mer! sier de, vi vil ha mer! Jeg sier dere, styr unna, gutter og jenter. Styr unna!

– Han er dritings, hvisket Joffe.

Roald Andersen ble stående der oppe bak kateteret og mumle for seg selv. Vi hørte ikke helt hva han sa. Han virket ustø og forvirret. Det ble litt småsnakking oss aspirantene i mellom. Så gikk Andersen bort til kartene. Han tok tak i en av snorene og trakk ned Afrika. Fra kanten av kartet beveget han fingeren innover ørken og jungel. Vi hørte ham mumle mens fingeren beveget seg saktere og saktere. Til slutt stanset den helt opp. Andersen fisket frem brillene igjen og stod på tærne for å se hvor han hadde havnet. Selv med ryggen mot oss, kunne vi se ham nikke tilfreds.

– Se her, gutter og jenter! sa Roald Andersen og banket fingeren mot sentrum av Afrika et sted. – Jazzen, her er den! Alt sammen kommer herfra. Kan dere høre det? Kan dere høre trommene?

Andersen ble stående og lytte. Han så nesten ulykkelig ut. Men jazztrommene var nok lenger unna enn han trodde.

– Vel, ja, da har vi en avtale, sa Andersen og

dro håret vekk fra pannen igjen. Så gikk han mot døren, slo av lyset. Vi hørte skrittene hans i gangen. Så ble det stille.

Noen reiste seg og gikk ut for å se. Til slutt stod vi der ute alle sammen.

Andersen lente seg over vannfontenen. Han hadde hodet under strålen. Vannet rant ned gjennom håret hans, over skuldrene og ned på gulvet. Det var allerede blitt en liten dam rundt ham.

Det var Cornelia som gikk bort til ham.

– Det holder nå? sa hun. Andersen hevet hodet litt forundret.

– Ja, det gjør vel det, sa han.

– Er det i dag vi får instrumenter? spurte Joffe.

Dirigent Roald Andersen virket med ett litt piggere.

– Ja, det er vel det. Selvfølgelig er det i dag.

Han ristet vannet ut av hår og ører som en bikkje. Så kneppet han opp skjorten, tok den av seg og tørket seg i håret mens han gikk bortover gangen i bar overkropp.

– Følg meg! sa han og forsvant inn døren ned til kjelleren.

Øverst i kjellertrappen stod skapet med instrumentene. På døren var det malt "Bestum skoles musikkorps – 1925» med stramme bokstaver. Roald Andersen låste opp hengelåsen og åpnet skapet. Vi trengte oss sammen for å se på herlighetene.

– Forsyn dere! skrek Andersen begeistret og holdt armene bydende ut mot hyllene. Det luktet ganske muggent, og det var umulig å se hva som var hva. Jeg hadde to fyrer foran meg og en jente ved siden av. Cornelia lurte armen innimellom og fikk tak i et lokk og holdt det mot brystet som en skatt. Joffe rev til seg en saksofon. Jeg så Per Gustav ta tak i en klarinett som en annen gutt allerede hadde fisket frem. De dro i hver sin ende, og klarinetten ble delt på midten. Den andre gutten falt bakover og ned trappen. Per Gustav gliste triumferende, men i det samme var det noen som tok nakketak på ham, så han mistet pusten. Han fikk et slag i ryggen og mistet klarinetten. Nå hadde Cornelia fått tak i det andre lokket. Jeg brukte albuene og nærmet meg skapet. Den nederste hyllen var full av trommer og rytmeinstrumenter og annet rask. I hyllen over så jeg fløyter og en guffen trombone. I den øverste så jeg noe stikke frem som måtte være en trompet. En gutt med rødt hår satt på huk for å se nærmere på tamburinene i nederste hylle. Taper! Jeg satte bena på ryggen hans og klatret opp så jeg kunne nå øverste hylle. En annen gutt hadde også oppdaget den skinnende herligheten der oppe og forsøkte å fiske den ned med et notestativ. Jeg tok et triangel som lå alene i midterste hylle og dyttet inn i ansiktet hans. Han skrek av smerte og slapp stativet da en eller annen ok tak i buksene mine for å trekke meg ned, men jeg klamret meg fast til hyllen og lot neglene bore seg inn i treverket, nå var jeg bare et par centimeter fra, nå kjente jeg metallet mot fingertuppene. Jeg la fingrene rundt instrumentet, trakk det frem og hoppet ned fra gutten som hadde begynt å grine, jeg kunne se fotsporene mine på ryggen hans og klamret meg til instrumentet og løp ut gjennom døren til gangen.

Roald Andersen lente seg til veggen under portrettet av skolens grunnlegger. Han så på meg med et smil mens han trakk håret vekk fra pannen.

– Gratulerer, sa han. – Det ble en kornett!

«Kornetten er en lystig fyr. Hør bare hvordan tonene danser rytmisk og forførende. Hr. Kornett liker seg godt i forgrunnen og trives aller best om han kan få synge sine melodier ganske alene. Det fins forskjellige typer kornetter-A-kornetten og B-kornetten er to av dem. Sammen støtter de fint opp om stjerna, ja, han kjenner du fra før: Trompeten.»

–En hva for noe? sa Pappa.
– Kornett, sa jeg.
– Kornett? sa Mamma.
– Ja, kornett!
– Trompet, da? spurte Pappa.
– Er omtrent det samme, sa jeg og holdt frem instrumentet så de kunne se selv.
– Er ikke en trompet litt lengre? Og litt blankere? spurte Mamma. – Hadde de ikke én som var penere?
– Er du sikker på at det er dette du vil? spurte Pappa.
– Jo da, sa jeg.
– En kornett, ja-ja, sa Pappa.

Jeg satt på sengen. I hendene hadde jeg Hr. Kornett. Jeg reiste meg og gikk bort til speilet og holdt den foran munnen. Rett forfra kunne den faktisk se ut som en trompet. Men når jeg så meg selv litt fra siden, virket den så butt og sammenklemt.

Jeg har alltid lurt på hvorfor noen vil drive med ponniridning. Med hester er det enten eller. Det fins ingen mellomting. En ponni ligner på en hest, den har alt det en normal hest har, men det er bare ikke en hest. Jeg har sett bilder av voksne menn som rir ponni, og jeg har tenkt at det er synd på sånne mennesker på en eller annen måte. Og nå stod jeg altså foran speilet med en trompetponni mellom hendene.

Jeg presset leppene inntil og blåste i munnstykket. En svak hvesing kom ut i den andre enden. Jeg forsøkte å stramme leppene og blåste igjen, men alt jeg hørte var fortsatt hvesing, bare nå med en litt surklete prompelyd i tillegg. Fssssssssss ...

På kjøkkenet fikk jeg låne messingpuss. Mamma viste meg hvordan det virket. Så gikk jeg inn på rommet mitt og sauset inn Hr. Kornett. Jeg pusset og gned, men i stedet for en sølvaktig glans, ble instrumentet brunlig med grønne flekker. Og nå la jeg merke til hvordan kornetten var satt sammen. Jeg trakk ut munnstykket og luktet inni røret. Det luktet som gamle matpakker bak radiatoren i gymsalen. Jeg skrudde løs én av ventilene og pirket nedi sylinderen. Fingeren ble våt og grønn. Det er kanskje ikke så rart at det lukter tredje verdenskrig inni en innretning som hundrevis av fyrer har gått og gugget inn i siden femtitallet. Så jeg skrudde den sammen igjen og la leppene mot munnstykket og blåste. Fortsatt bare fssssss ...

Et ukjent ansikt gled inn i klasserommet og stilte seg opp bak kateteret. Han hadde hvit skjorte, en liten propell istedenfor slips og en stor gullring på den ene hånden.

– Hvor er Roald Andersen? var det noen som spurte.

– Andersen er sykemeldt inntil videre. Jeg er den nye dirigenten, sa mannen som hadde passet bedre inn bak vinduene på et akvarium. Det var noe med munnen hans. En torsk som forsiktig nærmer seg kroken, eller en baby som venter på smokk. Han var ikke mer enn én femti høy og hadde bollekinn. Han var småskallet, og det lille han hadde igjen av hvitt hår hang fjonete rundt på skallen. Han het Babyface før han hadde rukket å si så mye som et ord.

– Kommer Andersen tilbake? spurte Joffe.

– Glem Andersen. Nå er det jeg som er dirigenten, og her har dere fjerdedelsnote-

ne! sa Babyface og tegnet en halv pissemaur
på tavlen.

– Hva er en fjerdedelsnote? var det en som
spurte.

– Det er jo det jeg skal forklare, sa Babyface.

– Hvor mange fjerdedeler går det i en hel?
spurte en annen.

– Hva er en hel? spurte Joffe.

– En hel takt, sa Cornelia.

Babyface la fra seg krittet. Han snudde seg
mot Cornelia. Han så på henne med forakt i
øynene.

– Hør her, jenta mi, her tar vi én ting om
gangen. Det er hyggelig med jenter i korps,
men vi må huske at dette er ikke noen sy-
klubb, vi er ikke på håndarbeidet nå, vi driver
ikke og leker her...

Cornelia så ned i pulten. Hun var rød i an-
siktet. Joffe gliste.

– En takt er den tiden det tar å telle til for
eksempel fire, sa Babyface.

– Hvorfor skal vi telle til fire og ikke fem,
sa en stemme bakerst.

– Det bare er sånn! sa Babyface.

– Men vi må jo vite hvorfor, sa Joffe.

– Vel, sa Babyface. – For å være ærlig så
hender det at man teller til fem, og noen gan-
ger tre, ja, og til seks eller syv, men det skal
dere bare glemme, for i marsjer og den slags,

så teller vi til fire! Er det forstått? Her er det marsj som gjelder, folkens!

– Når skal vi begynne å telle? spurte en fra c-klassen.

– Nå må dere ta det rolig, sa Babyface. – Her har dere altså en fjerdedel. Det går fire fjerdedeler på en hel. Tenk dere en kake. Hver takt kan være en kake. Med fjerdedeler får vi fire stykker ut av en hel kake. Deler vi den i åtte, hva får vi da?

Joffe viftet med armen.

– Ja, du der nede, sa Babyface. – Hva får vi?

– En jævla masse søl! ropte Joffe. Alle lo.

– Festlig, sa Babyface. – Utrolig festlig. Men svaret er åttendedeler. Vi kan si at åttendedelene er halvparten så store som fjerdedelene, de går med andre ord dobbelt så fort, og hvis vi tegner opp en takt, så vil det se sånn ut ...

Jeg oppdaget snart at det er med noter som det er med hester, og som det er med mange ting i livet, det er enten eller. Enten forstår du noter, eller så gjør du det ikke. Ikke i det hele tatt. Det fins ingen mellomting. Så vi lo og stilte idiotiske spørsmål om det ikke burde være lys på kakene, og om det var sjokoladekake eller marsipankake, og hvordan skulle vi telle hvis det var napoleonskake og sånt.

Etter timen stod vi ute ved vannfontenen i skolegården.

– Babyface er jo ikke helt som oss andre, sa Joffe og tok en slurk.

– Jeg skjønte ikke en dritt, sa jeg.

– Ingen kan skjønne de greiene der, sa Per Gustav.

Cornelia kom mot oss. Hun lente seg over fontenen for å ta en slurk. Joffe la hendene over to av strålene og blåste nedi et av hullene slik at trykket ble tre ganger sterkere der Cornelia drakk. Hun fikk vannet i ansiktet, men hun sa ingen ting, bare tørket vannet fra øynene og gikk sin vei.

På vei ut porten ble vi passert av Babyface. Han så på oss med et stramt og litt forvirret uttrykk i ansiktet.

– Takk for i dag, lærer, sa Joffe, som hadde en småpervers glede av å plage voksne med litt ekstra høflig tone.

– Selv takk, mumlet Babyface og gikk ut porten. Det stod en gråblå Skoda utenfor med en dame bak rattet. Babyface satte seg inn. Bilen startet opp og kjørte av gårde. Jeg tenkte på lyden av min kornett. Fsssss....

Det er så rart med venner. Etter notekurset står man og er enige om at noter er uforståelig dritt som ikke har noe med musikk å gjøre. Så går du hjem og legger øvingsheftet, læreboken og notearkene i en haug på skrivebordet. Der blir de liggende i ganske nøyaktig én uke til neste onsdag, da du finner frem de urørte papirene, putter dem i en plastikkpose og sykler av gårde til skolen ved femtiden. Du setter deg på første rad, nikker og gliser til de andre og gleder deg så smått til Babyface skal komme inn av døren og forsøke å fortsette der han slapp forrige gang, noe med kransekake og wienerbrød, kanskje. Men det er så rart med venner. For kommer ikke Babyface inn av døren der, stiller seg oppe ved tavlen og peker på Joffe og spør ham hvor mange sekstendedeler det går i to takter? Ja, det er rart med venner, for sitter ikke Joffe der som et tent lys og sier at det går toogtredve sekstendedeler på to takter? Jo da, det gjør han. Og jenta på vindusrekken, Cornelia med reguleringen, hun kommer opp på tavlen og tegner en perfekt G-nøkkel og svarer «fem, vel» når Babyface spør hvor mange notelinjer vi bruker. Og Per Gustav? Sitter han ikke der og vifter med hånden i været da Babyface spør hvor mange toogtredvedeler vi kan putte inn i en takt, når vi fra før har tre fjerdedeler og en åttendedels pause? Og nå ser Babyface plutselig på deg, og han sier:

– Ja, og så var det deg – hvor mange sekstendedeler varer en punktert åttendedelsnote?

– Det kommer an på, sier du friskt og gliser til Joffe og Per Gustav. Men det er så rart med venner, for de gliser ikke tilbake, de unngår blikket ditt, og du tenker at Per Gustav ligner en gjedde der han skuler unna mens det riktige svaret vokser i kjeften hans. Og det er så rart med venner, for nå snur Per Gustav seg mot Babyface og løfter hånden i været. Det er helt stille i klasserommet. Du er den eneste i verden som ikke forstår noter, du er den eneste i verden som ikke har sittet kveld etter kveld for å tolke overkjørte pissemaur som ligger strødd utover papiret i et ubegripelig mønster, du er den eneste som ikke har en storebror eller en storesøster som spiller trommer eller cello, du er den eneste i verden som ikke har foreldre som legger notearkene utover stuebordet og forvandler bløtkakestykker, ville ponnier og pissemaur til en liten hær av gode venner som marsjerer rett inn i skallen på deg og blir til musikk.

– Kommer an på hva? sier Babyface, og nå ser han ikke på deg lenger, han gliser mot de andre, og de andre gliser, men ikke *med* deg, men *av* deg. Nå er det du som er dusten, sinken, den tilbakestående, den ordblinde, den tunglærte, lusa, nullet, bakerst i køen, nederste dekk, siste trikk, skylder IQ, høl i gjerdet på Gaustad, tett i pannen, tjukk i huet, sagflis til hjerne, er ikke som oss andre ...

– Kommer an på hva? gjentar Babyface. Nå har han alle bak seg. Du kjenner varmen i trynet og vet at løpet er kjørt. Men allikevel klamrer du deg til et ørlite mikroskopisk halmstrå – en morsomhet, og du sier:

– Kommer an på om den er punktert på begge hjulene.

Det er så rart med venner. Er det noen av dem som ler? Nei. Ingen! Ingen ler av punkteringsvitsen. Og selv om du skjønner at vitsen er like gammel som selve notesystemet, så ville du trodd at vennskap mellom gutter var høyt hevet over om en vits er morsom eller ikke. Venner skal le, uansett – de skal dunke deg i ryggen og si at du er faen til kar. Venner er på lag, de skal backe deg opp. Når du går på snørra, skal de rope selv at om du gikk på trynet og ligger med nesa i grusen, så var det et elegant stup, beste de har sett! Venner skal ikke vri seg unna, holde kjeft og finne ut av noter på egen hånd. Man skal dele alt, synkronisere klokkene og holde hverandre orientert. Er det grunn til å tro at én av gutta har misforstått meldingene, så er det de andres fordømte plikt å få vedkommende på rett kjøl. Per Gustav og Joffe sa at noter ikke var til å forstå. Vi hadde faen meg en pakt.

    – Vet du hvor mange ganger jeg har hørt akkurat den vitsen? spurte Babyface.

    – Nei, sa jeg.

    – Vil du vite det?

    – Egentlig ikke, sa jeg.

Jeg var ydmyket. Hadde tapt ansikt. Hvem skulle jeg gå til? Hver kveld i uken som fulgte, satt jeg krumbøyd over noteheftet og forsøkte å forstå sammenhengene. Midt i heftet stod notene til «Gammel Jægermarsj». Aha, tenkte jeg, da bruker vi naturmetoden. Hvis jeg hører greiene mens jeg ser på notene, forstår jeg sammenhengen, det er jo ikke verre enn det.

Jeg hadde hørt «Gammel Jægermarsj mange ganger før, skulle det vise seg. Jeg kjente den igjen. Dette skulle gå greit. Så jeg bladde opp noteheftet og gikk tilbake til start.

Vel, du kan jo prøve å flytte fingeren sånn i noenlunde jevn fart og trampe takten og tippe hva som foregår på notelinjene mens du hører på «Gammel Jægermarsj». Enhver idiot kan jo skjønne at lyse toner ligger øverst på linjene og de dype nederst. Men hvilket instrument spiller hva? Er det en dyp trompet, eller et lyst althorn? Og er det trommer eller trombone som sier – bow-bo-bow? Å lese noter er som å henge etter et tog. Mens du henger og slenger bak siste vogn, ser du taktstrekene fyke forbi under deg som svillene i jernbanesporet, klare til å hugge seg fast i bena dine og rive deg i stykker, du hører pipingen fra overgangene og hylingen fra lokomotivet – det går fortere og fortere – en haglskur av pauser og punkteringer som får du midt i trynet – så vidt du klarer å holde deg fast med en hånd, med én eneste finger, og der kommer trompetene, der kommer klokkespillet i to hundre kilometer i timen – pauker, fløyter, triangler, vosj, vosj, tam, tam-te-tam, gamle jægergutt, marsjerer stolt og resolutt, ram-tam-tam ... Så er ferden over. Du har sting i lungene, og det ringer i øret.

Det er onsdag ettermiddag. I dag skal du grilles. I ettermiddag kommer punkteringsvitsen tilbake som en boomerang og treffer deg midt i trynet. Det finnes ingen vei utenom. Eller? For er du ikke litt varm? Jo, du kjenner deg faktisk litt småvarm. Du har feber, det er det du har. Galopperende tæring. Svartedauen. Livet passerer revy. Mamma finner deg under dyna. Du er nesten i koma. Så vidt du orker å snakke når Mamma spør om noe er i veien. Nei, ingen ting, sier du med de siste kreftene du har, den aller siste rest av stemme. Du får nok holde sengen, sier Mamma, bedrøvet på dine vegne. Uff, ja, så leit, sier du – det er jo notekurs i dag. Men Mamma er bestemt og bekymret. Det får ikke hjelpe, sier hun og sier at det ikke er mer å snakke om. Saken er klar. Null notekurs i dag!

Og mens Babyface deler bløtkaker og dresserer pissemaur for alle streberne, ligger du trygt og godt i sengen. Mamma og Pappa er bekymret. Er det hjernehinnebetennelse? Skal vi ringe dr. Schrøder? Men åjsann, ved ni-tiden føler du deg litt bedre, nei, nå er du helt frisk, gitt, livsgnisten sniker seg tilbake. Gutten er den gode gamle igjen. Han lever!

Skulle jeg avsluttet skuespillet? Løgnene? Jeg kunne stått opp fra det plutselige dødsleiet, ruslet rolig inn i stuen, bedt dem slå av tv'en noen minutter og sagt Mamma og Pappa – jeg har noe å fortelle dere. De ville, om ikke slått av tv'en, så i alle fall dempet lyden med fjernkontrollen og sett interessert på meg. Jeg kan se ansiktene deres:

– Hva er det, sønn? sier Pappa.

– Ja, hva er det, spør Mamma og legger til et lite, knapt hørbart, Stumpen min.

– Det er bare det, begynner jeg og forsyner meg med en Twist som vi alltid har liggende fremme i tilfelle besøk. – Det er bare det at jeg ikke gidder å spille i korps allikevel.

De ser på hverandre. Pappa trekker kanskje litt på skuldrene mens blikket flakker mot tv'en. Mamma smiler og plukker ut en lakristwist til meg. Det er Pappa som bryter stillheten.

– Du gjør som du vil, gutt. Vi støtter deg uansett.

– Har de vært slemme mot deg? spør kanskje Mamma. Da rister jeg bare på hodet og sier:

– Nei, ikke slemme, egentlig. Det er bare det at jeg tror musikkorpset og jeg trives bedre hver for oss.

– Du gjør som du vil, gjentar Pappa. Mamma nikker. Hun holder hendene på ryggen.

– Hvilken hånd vil du ha?

Hvorfor går jeg ikke bare inn i stuen og gjør kort prosess? Må jeg virkelig fortelle deg hvorfor? Har du glemt hva de forteller deg? Fra du er gammel nok til å skille ordene fra hverandre – hva er det for et budskap som går i arv fra far til sønn, fra mor til datter, fra generasjon til generasjon? Hva er det bestefedre sier når de løfter deg opp fra gulvet og setter deg på fanget? Hva er det bestemødre hvisker til deg samtidig som du kjenner en tørr vaffel eller en lunken femmer stukket inn i neven din? De sier: Gi ikke opp. Stå på! Øvelse gjør mester! Opp igjen. Den som er med på leken, må tåle steken! Den skal tidlig krøkes! Du skal aldri gi opp! Det gjelder å komme i mål. Det er ikke det å vinne, men å delta. Fullfør løpet for enhver pris! Du er selv din viktigste konkurrent. Ikke vær en lathans! Gjør deg flid. Gi ditt aller beste! Da jeg var på din alder! Tørk tårene, dette greier du! Opp igjen! Hva er det vi ikke vil ha? Alle i kor nå: Hva er det vi ikke vil ha? Slinger i valsen? Vil vi ha slinger i valsen? Vil vi ha gutter som ikke kan bestemme seg? Vil vi ha gutter som ikke fullfører? Jeg hører ikke! Alle i kor nå! Er Aldo Monrad en lathans? Jeg hører ikke? Kan Aldo Monrad bli verdensmester på kornett? Gi meg en J. Gi meg en A. JAAA! Aldo Monrad skal bli klodens beste kornettist siden Krigen. Aldo Monrad skal reise seg opp, tørke tårene og forbløffe verden med sitt spill. Hans toner skal fly over jorden og forene folkeslag, stanse kriger og få vakre kvinner til å gråte. Aldo Monrad – kornettens Ole Bull. Aldo Monrad – korpsmusikkens Sonja Henie. Alle i kor nå: Aldo Monrad! Aldo Monrad! Aldo Monrad!

Er det slik det er? Vel, om de ikke står i sofaen med ropert og brøler sine forventninger ut over deg, så har de sine metoder. Kanskje er det måten radioen skrus litt høyere når det spilles en trompetsolo, kanskje er det en innskutt bisetning om Pappas sjef på jobben, han som har unger i skolemusikken, eller kanskje det er noe så enkelt som det lille ekstra trykket fra Mammas grep rundt en forsvarsløs barnehånd når musikkorpset marsjerer forbi med medaljer og press i buksene? «En dag er det kanskje du som marsjerer, Aldo.»

Hva fikk meg til å fortsette, lurer du sikkert? Kanskje var det ikke noe av dette, men brevet som kom i posten til de foresatte:

«Bestum skoles musikkorps til Roma?»

Ettermiddagene var mørkeblå. Luften var glassklar og trist. Oktober herjet grøntarealene. Trærne strakte armene mot himmelen i sort fortvilelse, epler lå døende i frostsprengt gress, sykler ble satt i kjellere uten protester, de første ønsker for julen ble kladdet ned, drittunger speidet etter sne, og gymlærer Skaret lot årets stikkballsesong gå over i historien og Roald Andersen var tilbake, taust hyggelig der oppe bak kateteret. Han leste i Dagbladet. Av og til så han ned på oss og smilte. Regnet dusket mot rutene og forsøkte å bli sne.

Det var eksamen på notekurset. Nåløyet. Og klokken nærmet seg syv. Duringen fra lysstoffrørene i taket, skrapingen fra blyanter og penner og et og annet viskelær mot notepapir og lett nervøs blaing i papir, var de eneste lydene som røpet at det fremdeles fantes liv på denne kloden.

Av og til måtte Andersen et ærend ute på gangen. Han lot døren stå åpen etter seg. Jeg lente meg forsiktig over mot Per Gustav for å se hva han skrev. Svarene forsøkte jeg så godt som mulig å plassere på riktige steder på mitt eget oppgaveskjema. «2 fjerdedeler. Punktering. 1 og 2 og 3 og 4 og. Ja. Nei. G-nøkkel.» For meg var det gresk. For andre ga de kodede meldingene muligens mening. Per Gustav var i alle fall til å stole på. Om han strøk på notekurset fikk han sannsynligvis juling. Ganske grei motivasjon for å lese det, selv om vold er litt gammeldags i barneoppdragelsen. Jeg skrev ned svarene med ørsmå variasjoner.

Andersen tok stadig hyppigere turer på gangen. For hver gang ble han mer bustet på håret og litt mer oppjaget i ansiktet. Det skjedde noe med humøret hans også.

Cornelia var den første som leverte. Hun virket sint. Hun klasket besvarelsen i kateteret og marsjerte ut av klasserommet. Andersen ble sittende og se etter henne, som om han forsøkte å finne en eller annen brukbar replikk. Han virket lei seg. Lenge satt han og stirret mot døren der Cornelia forsvant. Han ristet på hodet og kikket på besvarelsen hennes.

Så var tiden over. Andersen samlet inn resten av besvarelsene. Vi ventet utenfor i gangen mens han gikk gjennom svarene. Etter noen minutter var han der.

– Gratulerer, ropte han. – Dere har stått.

– Alle sammen? spurte jeg.

– Ja, gutt. Alle som én. Det er det som er så fint med musikken. Det er ikke teori, men praksis. Det er her inne, om dere skjønner … Han dunket seg på hoften for å understreke hva han mente.

– Her i hjerterøttene, forklarte Andersen.

Vi så på hverandre. Ingen stryk? Kunne det være riktig? Hadde vi klart det? Var vi igjennom?

Vi jublet og løp gjennom korridoren og ut i skolegården. Jeg kunne allerede høre begeistrede tilrop fra italienske jenter i det Bestum skoles musikkorps marsjerte inn på Petersplassen i Roma. Jeg hevet kornetten i triumf, og menneskemengden eksploderte. La Cornetto! La Cornetto!

Andersen kom etter oss ut på trappen. Han hvisket noe i øret på Per Gustav som virket ganske forundret. Så vinket Andersen til oss andre og forsvant inn døren.

– Hva sa han? spurte Joffe.

– Han sa det var nære på, sa Per Gustav.

– Hva mente han med det? spurte Joffe.

– Vet ikke, sa Per Gustav. – Han sa svarene mine lignet litt for mye på andres svar og at det ikke var sikkert at jeg slapp så lett neste gang.

– Sprøtt, sa Joffe.

– Ja, jøss, sprøtt, sa jeg.

Alle de forskjellige instrumentene i korpset hadde sin lærer. Klarinettene hadde fru Munch som ikke ville svare på om hun var i slekt med den berømte maleren. Hun hadde blå briller og blått hår og kjørte blå Volvo. På saxofon var det Pelle fra Garden. Babyface tok seg av althorn. Trommene hadde en tykk mann som ville bli kalt Bob selv om han het Ragnar. Så det ble Bob-Ragnar.

Det var Tallaksrud som hadde kornettene – en pæreformet fyr med bukseseler og svetteringer under armene og bakover på ryggen. Tallaksrud hadde dette litt ulykkelige ansiktet, som om han ba om unnskyldning for alt mulig og seg selv. I timene holdt han for det meste blikket rettet mot vinduet. Kornett-timene foregikk i andre etasje. Fra vinduene så vi rett ut i noen furutrær, og disse trærne så ut til å interessere Tallaksrud mer enn noe annet.

– Jaså, sa Tallaksrud og kastet et kort blikk på meg. – Hva er ditt navn?

Jeg gjorde rede for personalia som ikke så ut til å gjøre særlig inntrykk på mannen. Selv et idiotisk navn som Aldo Monrad. Han spurte ikke om jeg hadde slekt i Italia eller hva det var for noe galt med vår familie, så slapp jeg å fortelle om århundrets dårligste oppkalling etter onkel Roald og onkel Algot. Oppkalling på nederste hylle. «Nei da, presten var ikke ordblind.» «Ja da, bare skriv det rett frem.» Tallaksrud brydde seg ikke med navnetradisjonene i slekten Monrad som innvandret fra Møre en gang mot slutten av forrige århundre. Han kikket bare ut på sine kjære eviggrønne trær mens han så lei seg ut i trynet og pekte på notene som lå i en sirlig liten haug på kateteret.

– Du kan bla opp på side syv i det grønne heftet, sa Tallaksrud.

Jeg gjorde som han sa. På sidene fant jeg det jeg fryktet. Noter!

– Hold kornetten mot munnen og stram leppene, sa Tallaksrud. Jeg strammet leppene.

– Nei, ikke sånn, sa Tallaksrud.

Så jeg strammet leppene på en annen måte.

– Nei, ikke sånn heller, sa Tallaksrud og strakte halsen og hodet sitt mot meg og lignet på en breiflabb som var dratt litt for raskt opp fra dypet.

– Jeg sier stram leppene, gutt. Hvorfor strammer du ikke leppene? Hold munnvikene i ro. Bare stram leppene. Det kan da ikke være så vanskelig? Men så stram leppene, for Guds skyld!

– Se her, gutt, sier Tallaksrud, og jeg lurte et øyeblikk på hvorfor han i det hele tatt ville vite navnet mitt. – Tenk på kornetten som en liten frøken.

– En frøken?

– Ja, en frøken! En liten kjæreste, om du vil.

– Æsj!

– Jo da. Jo da. Kornetten er en liten kjærestefrøken som du vil nusse med. Så, nå holder du henne opp, forsiktig, forsiktig, og lar leppene dine nærme seg hennes, forsiktig, som om du vil nusse hennes lepper nærmer du deg henne, varsomt ...

Mens han fremførte dette tøvet, holdt Tallaksrud virkelig kornetten foran seg med lukkede øyne, og jeg fikk et innblikk i breiflabbens kjærlighetsritualer idet han presset leppene forsiktig mot munnstykket på min kornett. Han sukket nesten uhørlig da fiskeleppene berørte munnstykket.

– Se her, sa han, fortsatt med lukkede øyne.

– Jeg legger leppene mine mot henne og trekker været som en gjesp.

– Trekker været? sa jeg.

– Ja, trekker pusten. Og når lungene er fulle, så blåser du forsiktig, som når du skal blåse ut lysene på fødselsdagskaka di, holde igjen, ikke gi henne for mye ...

Tallaksrud åpnet øynene og rakte meg kornetten. Det var ikke en liten frøken. Jeg kjente godt igjen Hr. Kornett som var varm av breiflabbens kjærlige tilnærminger. Jeg løftet instrumentet opp mot leppene. Hr. Kornett stirret mot meg med irrete ventiler og hovne mandler. Jeg lukket øynene for å forestille meg at det ikke var Hr. Kornett, men kanskje Cornelia med reguleringen. Men alt jeg kunne se var kjeften til Tallaksrud, som lignet mer på en våt tennisball noen hadde skåret en flenge i.

– Jeg greier ikke, sa jeg.

– Ikke tøys! sa Tallaksrud.

– Nei, jeg orker ikke!

– Vil du spille kornett, eller vil du ikke?

Han så utfordrende på meg. Som om det ikke var noe spørsmål om hva jeg virkelig ville. Akkurat som når en fyr du ikke kjenner så godt, legger armene rundt skulderen din og sier at dere er bestevenner. Jaha, tenker du kanskje, for det er jo hyggelig å være bestevenner med noen. Ja, jøss da, klart vi er bestevenner, sier du, men er ikke helt sikker. Og for hver gang han limer seg på deg og sier – vi er

bestevenner, vi – så blir det litt vanskeligere
plutselig å si at nei, det er vi i grunnen ikke.
Ikke i det hele tatt.

– Vil du spille kornett eller vil du ikke? sa
flengetrynet.

– Klart jeg vil spille kornett, sa jeg, og i det
samme hørte jeg vinden snu utenfor i skole-
gården, jeg hørte en klokke som slo, jeg hørte
susingen fra blodet i mine egne blodårer, jeg
hørte en hane som gol, langt, langt av sted.

«Så – endelig kommer dagen da den utålmodige aspirant kan opptas i samspillet. En ny verden åpner seg. Fra de første famlende forsøk med instrumentet, blir man nå en del av musikken og opplever hvordan hver enkelt har sine små og store oppgaver – til sammen skapes det musikk. Som en beruselse kjenner man seg som medskaper av noe større enn seg selv. Det er belønningen for måneder med strev. – man er blitt en fullverdig. Endelig – korpsmusikant!»

Tretten ansikter stirret på oss, aspirantene, da vi entret gymsalen. Luften var varm og fuktig. Babyface stod på et lite podium ved langveggen. Roald Andersen var sykemeldt igjen. Noen hadde sett ham på bussen, dritings med solbriller og en plastpose med øl. Noen andre hadde hørt at han satt i fengsel for fyllekjøring.

– Velkommen til Samspill, sa Babyface og så ned på oss med øynene til Hitler. Så viftet han med taktstokken. – «To, tre firr.»

De begynte å spille. Nesten på likt. Og mens de spilte, kastet de vekselsvis blikk på oss, nykommerne, og notene. Vi var ufarlige for dem, men bare foreløpig. Blikkene fortalte om hat. Om fremmedfrykt. Om usikkerhet. Sammen er man sterke. Sammen med flokken er man en vinner. Så lenge ikke flokken velger ut deg, så lenge ikke akkurat du er overflødig – en gratispassasjer – hiv ham til ulvene, til løvene,

kast henne utfor skrenten – ned til de tonedø-
ve, til dem som ikke marsjerer i takt.

Korpset spilte. Vi var inne i varmen. Så vidt.
Babyface kunne ha ventet med å sette i gang
spetakkelet, han kunne for eksempel ha for-
talt oss hvor vi skulle sitte, hva vi skulle gjøre,
hva de drev med, hvordan samspillet funket i
praksis – han kunne bedt oss vende noteside-
ne for dem som var opptatt med å spille, han
kunne bedt oss om å bone gulvet, klø ham på
ryggen, vaske vinduene – hva som helst. Men
han ba oss ikke om noe. Han sa bare «to – tre
– firr» og overlot oss til vår egen forvirring.

Cornelia med tannreguleringen smilte
ivrig til gutten ved stortrommen. Hun følte
vel at han var en slags rytmisk slektning.
Joffe satte seg i vinduskarmen og kikket ut.
Det virket litt vel barskt og uinteressert, men
Joffe var en ener. Han ga faen. Klar utfordrer.
Tok ikke fem øre for å stikke frem trynet.
En gutt med bollekinn lot spyttet fra instru-
mentet renne ned på gulvet mens han stir-
ret på Joffe. Mons Magnussen. Møkka-Mons.
Trompetisten.

Per Gustav satte seg bak Babyface. Jeg kun-
ne ikke se ansiktet hans, bare bena som for-
søkte å trampe takten. Det er med takten som
med alt annet: Enten eller. Enten tramper du
takten, eller så gjør du det ikke. Per Gustav

gjorde det ikke. Per Gustav trampet noe midt i mellom.

Så var de endelig gjennom. Babyface forsøkte seg med noen strenge kommandoer til en av de tynneste jentene. Så dro han en grov en, og så husket han liksom at vi aspirantene var der for første gang.

– Ja, folkens, nå er det alvor! sa han. Jeg kunne se at Joffe gjespet demonstrativt borte ved vinduet.

– Dere får sette dere bort til noen og følge med i notene så lenge, sa Babyface.

Joffe hoppet ned fra vinduskarmen.

– Skal vi ikke spille?

– Hva mener du? sa Babyface, litt rød i kinnene.

– Vi driver og betaler penger for å være med her, så hvorfor skal vi bare se på?

– Høhøhø! begynte Babyface. Han så på noen av de eldste gutta som sa høhø, de også.

– Nei, her må vi ta ett skritt av gangen. Det gjelder å krype før man kan gå.

– Hva mener du med krype? spurte Joffe.

– Svarer du? sa Babyface, og alle som befant seg i rommet, skjønte at dette gikk mot katastrofe. Joffe stod med en håndgranat i hånden, uten sikring.

– Om jeg svarer? sa Joffe uskyldig. – Nei, du hører vel at jeg spør?

Babyface gikk ned fra podiet. Han ble ganske liten der han gikk over gulvet og bort til vinduet. Han tok tak i skjorten til Joffe.

– Jeg vil ikke se deg mer her i dag, skrek Babyface. – Har du forstått det?

– Jeg tror jeg forstår mer enn du skjønner! sa Joffe og gikk mot døren. Så pumpet han opp kinnene og krøp litt sammen i bena da han forlot gymsalen. Jeg tror han forsøkte å ligne på Babyface. Vi hørte noe som liknet apelyder ute fra gangen.

Babyface var oppe på podiet igjen.

– Ja, til dere andre kan jeg opplyse at vi spiller «Gammel Jægermarsj». Nå skal vi over til en litt mer rocka sak. Dere kan finne frem «Down by the Riverside». Nå skal det svinge skikkelig her. Er dere klare? Tre firr.

Én morgen var vinteren der. Hadde sneket seg inn i nabolaget i løpet av natten. En og annen kvist stakk fortsatt opp og fortalte om det brutale overfallet, men nederlaget var et faktum. Vakka hadde strødd i skolegården, oljefyrene durte, doven røyk fløt fra gjenoppdagede piper, og enkelte forekomster av spurv satt med kryssede vinger og bedende øyne på fuglebrettene. Tentamen vinket på oppmerksomheten omtrent samtidig som vårens gjenglemte og bortgjemte matpakker begynte å leve bak radiatorene i klasserommene.

Min kornett sa fremdeles «fssssssssss» og lite annet.

Jeg husker Pappa fortalte om Tingstad, en fyr på jobben. Tingstad hadde jobbet i firmaet i tyve år. Ingen visste hva han gjorde. Han kom og gikk som han ville. Tingstad lukket døren til kontoret sitt og holdt seg der mesteparten av dagen. Om noen åpnet døren for å si ham noe, løftet Tingstad på telefonrøret, som om han akkurat fikk en telefon eller skulle til å ringe. Da han var sekstisyv, fikk han gullklokke fra direktøren og en fiskestang fra de ansatte. Så tok Tingstad noen papirer og en kalender med seg i en plastikkpose og satte seg på trikken hjem til kona. To dager etter døde Tingstad. Det var nesten tomt i begravelsen.

Jeg var Tingstad i Bestum skoles musikkorps. Hver uke møtte jeg opp på samspillet med Hr. Kornett og et passe utvalg av noter. Hver onsdag satt jeg gjemt bak noen andre og forsøkte å gjøre så lite av meg som overhodet mulig. Dersom Tom Tangen, den andre kornettspilleren, var syk, var det krise. Med Tom Tangen på plass var jeg ganske safe. Alene var jeg musikalsk unntakstilstand. Jeg utviklet en form for distré hodekløing for å avlede når Babyface stanset og ba meg spille noe alene. Andre ganger kunne jeg vippe notestativet over ende og skape så store forsinkelser at vi var nødt til å gå videre. Og etter hvert som jeg merket meg de store problemmarsjene og i hvilken rekkefølge vi spilte oss gjennom repertoaret, sørget jeg for å stikke på do eller bare ut i gangen etter et hosteanfall når tiden var inne. «Ja, vi elsker», for eksempel – ingen som spiller i korps liker «Ja, vi elsker» – det er en seig jævel uten rytme, med slepende toner som ikke helt vet hvor de skal, og under ligger

verdens lengste trommevirvel, som ikke er særlig flott når virvelen høres mer ut som en sykkel med skjevt hjul fordi Silda ikke fikser virvler. Og når det endelig begynner å skje noe mot slutten med lokk og stortrommer og greier, da er det som om hele korpset har holdt pusten litt for lenge og bare vil bli ferdig og få huet over vann fortest mulig. Dessuten er det et gjennomsiktig arrangement. Vanskelig å stikke seg vekk. Jeg var alltid på gangen under «Ja, vi elsker».

Julen nærmet seg. Babyface løsnet opp en smule, ja, mot slutten av november sluttet han å barbere seg på overleppen, og da vi skrev den 15. desember, skred han opp på podiet i gymsalen med det som uten tvil var ment å være en bart. De eldste guttene klappet og ropte wow. Babyface så ut til å like det.

– Så, så, gliste han ned til oss. – Dere har da sett en bart før. Han tok ikke frem dirigentpinnen med én gang. Han ble stående og se på oss noen sekunder.

– Ja, jeg har en god nyhet til dere, sa han. – Vi skal spille på juleavslutningen på menighetshuset.

– På menighetshuset? var det én som sa.

– Ja, og der er det skikkelig scene og greier, sa Babyface.

– Åssen er akustikken? spurte en av de eldste guttene.

– God, fin, kjempebra, jeg mener ... Den er vel grei, sa Babyface.

– Hva er 'akustikken'? spurte Joffe. De eldste lo. Møkka-Mons satte fingeren i tinningen med en summelyd. Bzzzzzzz klikk.

Babyface gliste. Han klappet med hendene og la hånden raskt bak øret.

– Der har du akustikken, sa Babyface.

– Øret ditt? spurte Joffe.

Babyface så ergerlig ut.

– Nei, lyden, ekkoet, hvordan det klinger i rommet, sa han.

– Hvorfor drar du i øret? sa Joffe. Noen lo. Men stort sett var det stille. Møkka-Mons hadde hånden i været.

– Hvorfor skal disse drittungene være med på samspillet, Carlsen?

– Nei, du kan så si, sa Babyface. – Det er jo noen som virker litt umodne.

– Umodne? sa Joffe.

– Ja, umodne! sa Babyface.

– Du vet hva de kaller deg? sa Joffe med et glis.

– Jeg gir blaffen i hva ... begynte Babyface.

– Det begynner på B, fortsatte Joffe. – Kan

du gjette hva B'en står for? Synes du det høres modent ut, kanskje?

– Drittunge! ropte Møkka-Mons. De eldste lo. Joffe var på tynn is, det så vi, men han var én av oss, ferskingene. Vi måtte stå sammen.

Joffe gikk bort Møkka-Mons.

– Hva sa du? spurte Joffe. Dette lignet selvmord. Møkka-Mons reiste seg, gikk rolig mot Joffe, løftet ham opp og bar ham mot døren. Han åpnet døren med albuen, og så tok han tak i den ene armen til Joffe.

– Vink farvvel, sa Møkka-Mons. Joffe var rød i trynet. Møkka-Mons beveget armen hans til en høyst ufrivillig hilsen. De fleste lo. Så forsvant Joffe ut av døren. Totalt ydmyket. Han var ferdig. Løftet vekk av en eldre. Da er du langt nede, gitt.

Møkka-Mons satte seg tilbake på plass. Vi kikket mot døren, men ingen tegn til Joffe.

– Vel, sa Babyface. – Takk skal du ha, Mons! Da skal vi se litt på repertoaret for juleavslutningen.

Joffe ventet på oss utenfor.

– Han er ferdig! sa han. Joffe virket rastløs og hadde fått noe vilt i blikket

– Hvem da? spurte Per Gustav.

– Møkka-Mons, sa Joffe.

– Han er en jævlig kødd! sa Per Gustav.

– Dere var jo suverene å ha i ryggen, sa Joffe og så på oss med en geip.

– Hva skulle vi ha gjort? spurte jeg.

– OK, drit i det, sa Joffe. – Bare merk dere mine ord. Møkka-Mons er dødsdømt.

Den blå Skodaen stod utenfor skoleporten. Dama til Babyface ventet. Joffe gikk bort og banket på vinduet.

– Vet du hva klokken er? spurte han.

– Halv åtte, sa damen. Hun hadde lyst hår med hestehale. Hun var relativt pen til å vente på Babyface. Dersom hun var dama hans, var det en sensasjon. Kanskje hun hadde en slags farveblindhet for hvordan folk så ut. Kanskje Babyface hadde skjulte kvaliteter? Det er ikke uvanlig å se fine damer sammen med gufne fyrer. Men at Babyface i det hele tatt hadde dame!

– Takk skal du ha, sa Joffe. – Venter du på noen?

– Ja, på min forlovede, Vemund.

– Babyf... Dirigenten, ja, sa Joffe. – Ja, det er en tøffing.

Hun så litt usikker ut.

– Ha en fortsatt fortreffelig aften, sa Joffe og vinket til damen. Hun smilte og rullet opp vinduet.

Vi ble stående litt borte i veien. Noen av de andre fra korpset passerte. Cornelia kom gående med kofferten sin. Hun virket så liten. Som en fugl. Jeg la merke til at hun hadde små fregner rundt nesen. Kanskje hun var pen uten regulering?

– Drittunge, sa Joffe. Cornelia gikk bare forbi uten å si noe.

– Stikk! sa Joffe og gikk bak henne med trampende skritt. Jeg syntes hun så litt redd ut. Og hun så på meg, som om jeg var hennes storebror eller fetter eller noe sånt.

– Jævla fitte, sa Joffe. Han dunket meg i armen, som for å vekke meg opp, sjekke om alt var i orden. – Ikke sant? Jævla liten fitte!

– Jo, sa jeg. – Fitte.

Cornelia forsvant rundt svingen.

Møkka-Mons syklet forbi. Han hadde to lykter og speedometer på sykkelen. Joffe holdt seg for nesen og ropte «Bøkka-Bods».

Møkka-Mons bremset så det pep i hele sykkelen. Han jumpet av, og Joffe la på sprang. Møkka-Mons tok ham lett igjen, hev ham i bakken og satte seg oppå Joffe.

– Hva sa du? spurte Møkka-Mons.

– Er du dauhørt? spurte Joffe. Men Møkka-Mons svarte ikke. Han fylte bare den ene neven med grus og sand og klemte opp munnen på Joffe med den andre, før han hoppet på sykkelen igjen, vinket elegant og forsvant rundt svingen.

– Han er faen meg dau! skrek Joffe. I det samme hørte vi pesingen fra Skodaen. Babyface og dama gled forbi. Babyface vinket fornøyd. Det kunne virke som han hadde sett alt sammen.

– Kukksuger! ropte Joffe. Men det hørte de ikke. Den blå Skoda-røyken virvlet ut av eksosrøret og forsvant i mørket. Det var litt sne i luften.

Det var en sånn underlig stemning hjemme. Noen ganger kommer du inn døren og bare merker at det er noe. Enten en krangel som nettopp tok slutt, eller som fikk en pause fordi du kommer inn døren – barn kommer jo foran alt. Du bare merker at det er noe ekstra, kanskje på grunn av rosene de har i kinnene, tårene i Mammas øyekrok eller Pappa som stuper ned i suppen for ikke å røpe noe. Bikkjer kan lukte når folk er redde. Katter hører tusen ganger bedre enn mennesker. Jeg tror barn snuser opp trøbbel på en mils avstand.

– Hei, sa Pappa.

– Stumpen min, sa Mamma.

– Gi faen, sa jeg.

– Skal du eller jeg fortelle det? sa Pappa til Mamma.

– Fortell det du, sa Mamma.

– Nei, du, sa Pappa.

– Hva da? spurte jeg. – Skal dere skilles? Er du gravid? Kreft? Har dere vunnet i tipping?

– Ikke helt, begynte Pappa. – Men du vet, det har vært mye jobbing på meg i det siste ... det

Aha, tenkte jeg. Forfremmelse. Lønnspålegg. Hytte på fjellet, kanskje? Ny sykkel? Motorbåt?

– ...og det er ikke til å komme fra at man får litt dårlig samvittighet når man er borte fra heimen støtt.

Pappa så på Mamma, og Mamma smilte til Pappa. Når han sa dette litt koselige og småmorsomme "heimen», begynte det å ane meg at dette gikk i feil retning. Han hadde vel egentlig ikke jobbet så mye heller. Andre fedre var på jobben døgnet rundt og måtte kjøpe ungene sine med fjernstyrte biler og togsett og turer til Statene. Når jeg tenkte etter, var Pappa førstemann til middagsbordet hver eneste dag, året rundt.

– Vi skal være mer sammen, sa Mamma begeistret.

– Vi er da mer enn nok sammen, sa jeg.

– Å, vi kunne da så visst interessert oss mer for hva du driver med, sa Pappa.

– Skal dette være en sånn driver-du-med -narkotika-samtale? spurte jeg.

De lo begge to. Jeg tror de synes jeg er rar.

– Pappa er valgt inn som formann i Foreldreforeningen.

– Foreldreforeningen?

– I korpset, sa Mamma. Pappa nikket fornøyd.

– Vi må jo stille opp, sa han.

– Stille opp? sa jeg. – Dere trenger vel ikke å gjøre noe som helst.

Jeg var ennå usikker på hva dette skulle bety.

– Nå skal det bli orden på korpset, sa Pappa.

– En revisor, det er det korpset trenger, sa Mamma.

– Nåja, sa Pappa. – Og så må vi markedsføre oss. Alle andre korps har aktiviteter. Vi skal lage egen avis. Og vi skal ha lotterier. Og t-skjorter. Skal det bli en Roma-tur, må vi alle ta i! Det er skikkelig tak i den nye dirigenten, hører jeg.

– Babyface? Han er jo en taper?

– En skikkelig korpstur, sa Mamma. – Noe som motiverer.

Foreldre får sånne rykk av godhet. Det er noe av det verste som fins, når det plutselig banker slapt på døren til rommet ditt, og så står faren din der og smiler og synes du ligner på ham.

– Ja? sa jeg. – Skal jeg slå ned volumet?

– Nei da, nei da. Det er bare fint at du interesserer deg for noe, du vet, musikk kan være en slags fremtid, det også.

– Jo'a ...

– Hvor har du kornetten din da, Aldo?

– Vet ikke.

– Vil du spille litt for meg?

– Egentlig ikke.

– Jeg har jo ikke hørt deg spille ordentlig ennå.

– Vær så snill!

Mamma kom bak ham i døråpningen.

– Jeg skjønner ikke hvordan dere får musikk ut av disse notene ... Hun bladde i noteheftet.

– Faen, det er mitt hefte. Ikke rot i sakene mine.

– Kan du virkelig spille dette her? spurte Mamma og holdt frem en side mot meg. Pappa lente seg interessert over heftet han også.

– Selvfølgelig, sa jeg.

– Få høre da, sa Mamma.

– Nei, sa jeg. – Drit i det, please.

– Vi må ikke presse ham, sa Pappa. – Det skal være noe man selv vil, det er viktig. Kanskje noe av det viktigste, sa Pappa.

«Musikken bryter ned barrierer. Vi har i den et felles språk – på tvers av landegrenser og hudfarver. Musikken går i arv, fra far til sønn og fra mor til datter. Den er til glede for alle, overalt, uansett alder, kjønn eller hudfarve. Fra stokkeslagene mot hule trestammer i gammel tid og til dagens marsjer – all musikk bærer menneskets historie i seg. Og når vi tenker nærmere etter – er ikke alt musikk? Fuglene i trærne, en bil som tuter, menneskene i bygaten, fossefallet?»

– Si meg én ting, begynte Tallaksrud. – Føler du selv at det går fremover?

– Hvordan da, mener du?

– Ja, bare det at det nærmer seg jul. Du har
spilt kornett i flere måneder, og så er det akkurat som om du ennå ikke har begynt.

– Jeg synes det går fremover, sa jeg. – Du er
en god lærer, la jeg til, litt forsiktig.

– Ja, vel, det var ikke det, men snarere om
du synes det er noen vits, det er ikke alle gitt
å bli musikere, vet du.

– Vil du at jeg skal slutte? spurte jeg og forsøkte å virke litt trist i stemmen, vet ikke helt
hvorfor, men det er vel litt for nedverdigende
å bli skjøvet ut av et latterlig korps fordi du
ikke får lyd i kornetten.

– Nei da, nei da, Aldo, sa Tallaksrud. Omtrent da hørte vi et brak ute i gangen og noe
som knuste. Jeg løp ut på gangen. Tallaksrud gled etter. Folk strømmet ut fra klasse-

rommene. Noen hadde knust ruten i døren
til innvolleskapet. Ett av glassene manglet.
Hadde det vært på dagtid, ville alt blitt taklet
annerledes. Lærere kan være proffe. Noen
ville ropt at vi skulle bli stående. Noen ville
låst utgangsdørene. Noen ville gått rundt og
sett hver enkelt i øynene og spurt om vi visste
noe. Kanskje overlæreren ville kommet. Eller
inspektøren. Kanskje Vakka. Men nå var det
kveld. Babyface var sheriff, sheriff med tåte-
smokk og seksti i IQ.

– Hvem var det? ropte Babyface. Det ble
helt stille.

– Vel, hvis ingen melder seg, må dette rap-
porteres til skolens ledelse, forsøkte han seg,
men det hjalp jo ikke noe særlig. Det eneste
som hjelper er å true med kollektiv avstraffel-
se. Det er alltid noen som vet noe. Det er det
første de lærer på lærerkurset – avlys kose-
timen, dropp turen til Barnas gård, sitt inne
i frikket, null utegym, dugnad på alle – da er
det ikke lenge før en eller annen Prektig Lise
spotter ut synderen med et anklagende blikk.
Nå var det Bestum Skoles Musikkorps. Det var
kveldstid. Ingen meldte seg.

Tallaksrud hadde kommet ut på gangen.

– Ja, nå spøker det for Roma-turen, forsøk-
te han seg. Ingen sa noe nå heller. Babyface
så på klokken.

– Javel. Okay. Javel, mumlet han. Han virket litt nervøs. Så vinket han alle inn i klasserommene igjen. Jeg la merke til Joffe. Han holdt seg litt i bakgrunnen. Veldig lite typisk Joffe å ligge lavt.

O' hellige Guds moder. O' hellige jul. Engler ned i skjul. Salen på menighetshuset var tettpakket av foreldre og småbarn. Roald Andersen smilte til oss musikantene. Vi satt på plaststoler med hvert vårt notestativ og ansiktene mot forsamlingen.

Andersen fiklet med taktstokken. Han var våt i pannen, allerede. Håret klistret seg ned i lett bekymrede rynker. Overlærer Valberg møtte blikket hans. De smilte til hverandre. Dette greier dere, sa ansiktet til Valberg. Roald Andersen virket ikke like sikker. Ganske blek og blå i ansiktet med små felt av rødt. Fyllik. Roald Andersen trakk luggen bakover. Han hadde et lite plaster i pannen. Bak i salen stod Babyface og vippet på hælene. Han smilte og nikket til oss han også, som om det var han som i virkeligheten hadde kontrollen.

Overlærer Valberg stiger opp på den lille scenen. Han ser utover den lille forsamlingen av elever og foreldre. Så tar han frem en liten lapp, kremter og virket litt høytidelig og halveis på griner'n: – Og helt til slutt, mine damer og herrer ,vil vi sende dere ut i denne førjulsettermiddagen med litt føde for sjelen. Vårt kjære musikkorps skal avslutte kvelden for oss, og de skal ikke spille hva som helst. For å sette oss i rett stemning på en dag som denne, skal de spille... Eh...

Valberg så på Roald Andersen. Men Roald Andersen hadde tankene et helt annet sted. Han stirret tomt ut i luften og fantaserte sikkert om gin tonic. Valberg kremtet, men Andersen var like vekk.

– «White Christmas», hørte vi bak fra salen. Babyface. Han strakte seg på tærne så lyden liksom skulle komme opp fra gulvet.

– Naturligvis, sa overlærer Valberg og brettet lappen sammen og la den i lommen. – Vær så god.

Det var stikkordet. Roald Andersen våknet fra tankedypet. Han smilte litt usikkert til publikum. Så vendte han seg mot oss og løftet armen.

La oss stanse et øyeblikk. For nettopp idet Roald Andersen løfter taktstokken, skjer det noe med denne fortellingen. Det er ikke lenger en historie om meg, Aldo Monrad, og mitt forhold til kornetten. For idet taktstokken løftes, filtres våre livsløp sammen – alle som spiller i korpset, Roald Andersen, overlærer Valberg, Mamma og Pappa og en håndfull av de fremmøtte publikummere, særlig de på forreste rad, vil huske de nærmeste fem minuttene så lenge de lever. Ingen av de nevnte menneskene vil kunne glemme det som skjer denne kvelden på menighetshuset. Hver eneste gang «White Christmas» eller beslektede julesanger strømmer ut fra radio-apparater, forsamlingslokaler eller en tv – og det er jo ganske ofte – vil følgende avspilles for vårt indre:

Roald Andersen som løfter taktstokken. Musikkorpset som begynner å spille. Først litt ubestemt og famlende, men så tar tonene tak i hverandre, flettes sammen og løfter seg oppover – opp, tonene som fyller salen, sneen som danser mot vinduene utenfor, skumring, levende lys, og hvordan tonene fra instrumen-tene flyter dansende og dovent ut i rommet, hvordan de varsomt omfavner hverandre, sti-ger opp mot taket og blir til engler, og hvordan sneen plutselig kiler oss i ansiktene, for nå har taket løftet seg, en stjerne blinker ned mot oss, menighetshuset har åpnet seg og brettet ut sine vegger, vi er i ett med himmel-rommet, vi kan liksom gripe evigheten med

fingertuppene, foreldrene og vi, vi som spiller
«White Christmas» akkurat nå, og selv om jeg
ikke blåser i kornetten, men bare trykker ned
ventilene omtrent som Tom Tangen, er det
som om liflige toner siver ut også fra meg,
som pust fra en magisk lampe, jeg er berørt
av en tryllestav, musikkens magi, vi er ett og
Roald Andersen dirigerer ikke lenger, takt-
stokken er en pensel og vi er hans maleri,
Roald Andersen korpsmusikkens Leonardo
da Vinci, han ser så lykkelig ut der svetten
renner ned i pannen hans, og kinnene hans
med røde roser, han virker yngre, friske-
re, nesten edru, vi er alle ett, Joffe, Valberg,
Mamma og Pappa, Møkka-Mons, Per Gustav,
vi smelter sammen og jeg møter ansiktet til
Cornelia, hun er så pen, vakker, regulerin-
gen gjør ingen ting og om alle mennesker
skal berøres av englevinger, er det kanskje
straks, for i noen få sekunder stemmer alt,
akustikken, rytmen, fred i verden, hjertene
banker, alle holder takten, ingen spiller feil,
og melodien tar oss alle med oppover, oppo-
ver, stadig oppover, og snart kommer vi til det
stedet hvor melodien nesten stopper opp i et
ørlite sekund, før den tar sats og trekker oss
den siste biten, helt opp, helt frem, før tonene
forlater oss med små salte kyss fra klarinet-
tene og en kjærlig omfavnelse fra tubaen, og

publikum holder pusten, for dette arrange-
mentet er så tandert og så flyktig, så skjørt
som kinesisk porselen, så løvtynt som slør
av gull, Roald Andersen trår vannet for oss,
og akkurat i dette øyeblikket av stillhet lar vi
hjertene stanse, engler gå gjennom rommet
og livet passere revy – for nå!, nå kommer det
– og den lille pausen som skiller levende og
døde går mot slutten, vi snur oss mot Mons
Martinsen, er han klar? Ja, selvfølgelig er
han klar. Flinke og litt tykke Mons Martinsen
reiser seg, løfter trompeten opp til munnen,
strammer leppene, kaster noen raske blikk
mot foreldrene som sitter der nede på første
rad, han justerer avstanden mellom føttene,
han holder albuene lett ut fra siden, han sen-
ker skuldrene, han holder munnvikene i ro,
han sjekker spyttventilen, han bøyer fingrene
forsiktig og legger dem over ventilene, fyller
lungene med den pusten som snart skal flyte
opp i pusterøret hans, passere drøvel og tunge
for å presses forsiktig ut gjennom leppene i
et lite musikalsk kyss før tonen sårt og lett
klagende skal trekke de andre stemmene om
mulig videre opp for å gi liv, til det som på
platen med Bing Crosby av enkelte omtales
som ikke mindre enn guddommelig, og som
i våre noter er avmerket med «Trompetsolo».
Mons Martinsen lar luften hvile i lungene en

brøkdel av et sekund før han lukker øynene, og hjernen gir beskjed til lungene om at alt er klart, og i samme brøkdelen av det samme sekundet vender luften i Mons Martinsens lunger og tar fatt på oppturen for å forvandles til glassklare toner i Mons Martinsens trompet, den som moren har pusset flere ganger de siste dagene. Men ...

Det kommer ingen musikalske engler fra Mons Martinsens trompet. Vi ser ham blåse, men ingen himmelske toner, ingen gånoter med glorie, ikke en halvdød pissemaur, ingen ting. Det er tyst. Møkka-Mons ser forundret på trompeten. Rister litt i den. Roald Andersen står der fremdeles med taktstokken i været. Alle holder fortsatt pusten. Pausen har vart en evighet snart. Overlærer Valberg gaper. Jeg ser Pappa på første rad, han klorer seg på armen. Mamma smiler usikkert.

Møkka-Mons blåser én gang til. Litt hardere denne gangen. Men trompeten er like lite villig. Og det kommer en sort skygge over ansiktet hans. Overlærer Valberg ser på klokken. Roald Andersen synker litt sammen. Ute blir det kaldere. Mørkere. Og så setter Møkka-Mons trompeten til munnen for tredje gang. Han blåser hardt nå. Hardt som faen. Og vi hører noe. Lyden av noe langt vekk. Noe som ikke er musikk. Noe som løsner. Noe som løsner inne i Mons Martinsens trompet, den han har hatt i snart fire år, den han har pusset på hver eneste dag, kjøpt for oppsparte penger etter fire avisruter og polering av herr Martinsens Mazda. Lyden av noe som løsner, og alle stirrer på Mons Martinsen, da dette noe kommer til syne i trompetåpningen, og alle som har gått på Bestum folkeskole og som har stått i friminutter eller under pålagt opphold på gangen som straff og sett nysgjerrig og litt skremt på vesener og innvoller der inne i glasskapet , alle som var orientert om innbruddet for noen dager siden, forstod nå hvor tyvegodset var blitt av. Noe seigt og klissete kommer til syne i tuten, ligger et øyeblikk og disser i åpningen før det faller ned på gulvet og stirrer opp på oss. Øyet! Et øye har nettopp funnet veien ut av Mons Martinsens trompet. Først klistret det seg fast i tuten på hornet. Så disset det ørlite grann før det liksom slapp taket og dasket i gulvet med et trett lite splætt.

Stoler veltes. Noen skriker. Litt panikk, men de fleste forlater salen rolig. Ingen sier noe. Overlærer Valberg skal til å reise seg, men ombestemmer seg. Han er kapteinen. Kvinner og barn først. Og snart er salen tom. Roald Andersen har gått opp i røyk. Bare Babyface og korpset igjen. Møkka-Mons kaster

opp ute i garderoben. Vi pakker sammen og
ønsker god jul. Joffe klapper ham på ryggen.
 – Det skal du ha, Mons, sa Joffe. – Ikke et
øye var tørt.

_J_eg synes det går bedre, sa Tallaksrud. Hr. Kornett hadde akkurat utstøtt noe som kunne ligne en tone. En svak, vislende og knapt hørbar tone. Jeg vet ikke hvordan eller hvorfra den kom. Men det var en tone.

– Så tar vi skalaen, sa Tallaksrud.

– Skalaen? sa jeg for å vinne tid. Klokken var snart seks. Bare fem minutter igjen før samspillet begynte.

– Kom igjen, ikke tøys, sa Tallaksrud.

Jeg fiklet med munnstykket.

– Se her, sa han og pekte på en av noterekkene. – Spill denne! Jeg blåste inn i munnstykket mens jeg trykket litt tilfeldig på ventilene.

– Nei, ikke A, men F, sa Tallaksrud. Jeg trykket på en litt annen måte. Det kom en rar og sekkepipelignende lyd.

– Nja, jeg sa F, nå spiller du en G. Kom igjen nå. Vis meg en F.

Bare ett minutt igjen. Jeg hostet, som om jeg hadde satt noe i halsen og måtte legge fra meg kornetten. Tallaksrud så på klokken.

– Vel, nå begynner samspillet. Du får ta det om igjen til neste gang.

Jeg tok med meg notestativet mitt og gikk over gangen.

Babyface hadde fått makten tilbake. Roald Andersen var permittert igjen, noen sa det var for alltid. Men Babyface var i fin form etter juleferien. Han vitset til de eldste gutta. Jeg satte meg ved vinduet. Joffe vinket, han satt bakerst og klådde på saksofonen. Møkka-
-Mons satt to rader til venstre for meg. Jeg kjente blikket hans i tinningen.

– Tre firr, sa Babyface, og så begynte alle å spille en marsj jeg ikke hadde hørt før. Jeg lente meg over til sidemannen og kikket i notene hans. «Stars and Stripes Forever». Jeg bladde litt i mitt eget hefte. Jo, der var den. Så plasserte jeg heftet på notestativet, la Hr. Kornett til leppene og kikket over mot Tom Tangen. Jeg hadde utviklet en teknikk med å trykke ned ventilene omtrent som Tom. Og så lenge ingen hørte noe som skilte seg ut, gikk alle ut fra at alle spilte riktig. En sjelden gang blåste jeg noen hvesende feiltoner i rolige partier, så Babyface kunne se ned på meg og riste på hodet. Når vi kom til det samme partiet neste gang, droppet jeg hvesingen, og da nikket han tilfreds. Der har du korpsmusikken i et nøtteskall. Hold deg i skinnet. Stikk deg ikke for mye frem, se ned i gulvet, still med riktige noter, og medaljene på riktig side av brystet, så er mye gjort og du kan leve lenge i landet.

Pappa stod på en stige i skoleporten. Det var ham som hadde malt skiltet. «Basar».

Den første basaren i Bestum skoles musikkorps historie skulle bli vendepunktet. Fra et liv i skyggen av Kampen Janitsjarkorps skulle Bestum skoles musikkorps reise seg, ta skrittet ut i solen og bli et korps av verdensformat. Bestum skoles musikkorps skulle bli det som alle andre korps, fra Nordpolen til Kuala Lumpur, fra Los Angeles til Bombay, skulle måle seg opp mot. Årets basar skulle være det første famlende skritt. En ny æra var begynt. Som Pappa sa: Hvorfor skulle ikke et korps kunne erobre hitlistene? Det var bare snakk om repertoar. Marsjen ville få sin renessanse. Og når alt kom til alt, var det ikke marsjer alt det som ble spilt av piggtråd og dunkemusikk på radioen?

Pappa klatret ned fra stigen og betraktet verket. Et øyeblikk så han litt usikker ut. Hang det skjevt der på høyre side? Nei, nå klappet han sammen stigen og kastet et siste tilfreds blikk på skiltet. Basar. Bestum skoles musikkorps var på vei til Roma!

I gymsalen satt mora til Møkka-Mons og solgte vafler. I gangen var det pilkast. Nede i uværsskuret var det malerverksted for de minste. På sløyden kunne man lage sin egen fuglekasse under «kyndig veiledning» for fem kroner. På døren stod en plakat. Bestum skoles musikkorps spiller i gymsalen klokken 14.30 (presis). Billetter i døren.

– Arrividerci, sa Joffe og slo meg på skulderen.

– Hæ? sa jeg.

– Italiensk, sa Joffe. – Arrividerci.

– Hva betyr det? spurte jeg.

– Ha'kke peiling, Joffe. – Men det virker sexy. A-riiiii-vi-der-ciiiiiii.

Han befølte en usynlig dame med kjempemugger og kysset luften foran seg. A-riiiiii-vi-der-ciiiii, Mona Lisa!

Basaren skulle ta oss til Roma. Mennesker skulle velte inn i skolegården og overdrysse oss med penger. Gnisten som tenner den store ilden, en bølge av entusiasme, en flodbølge av penger skulle skylle inn over oss. Hva var vel noen tusenlapper for skipsredere, direktører, administrerende direktører, banksjefer, valutameglere, fabrikkeiere, godseiere og brukseiere? Det var en god del av dem i nabolaget. Pappa hadde gransket familietrærne bak hver enkelt i korpset. Med ligningsboken hadde han slått fast at korpsmedlemmene, aspirantene inkludert, var arvinger til en halv milliard. Hva kostet det for eksempel fabrikkeier Tangen å rusle innom med sin bedre halvdel og sånn litt diskré legge igjen fem tusen i vaffelkassen? Når alt kom til alt, var ikke nettopp korpset en av grunnstenene i Tom Tangens fremtidige karriere? Kornett i dag. Konsernleder i morgen.

Klokken ble 11.00.

– Da åpner vi dørene, ropte Pappa begeistret. To andre fedre gikk mot dørene. De tok tak i hvert sitt håndtak, så på hverandre en siste gang, nikket og så ble dørene til historiens første basar åpnet.

Det var så underlig stille ute. Jeg husker det lille svale draget fra marsmåned utenfor. Himmelen var så blå. Vi hørte smeltet sne klukke i takrennene og en og annen fugl som plystret fornøyd. Virrivipp. Virripip.

– Farvel, Roma, sa Joffe.

– Slapp av, slapp av, sa Pappa og gikk ut for å oppklare misforståelsen. Plakaten var kanskje ikke stor nok. Menneskemassene måtte ha gått på baksiden. Ja, journalisten i Akersposten hadde i grunnen glemt å få med viktigste detaljene. seg Vi hørte skritt i trappen. En eldre dame kom gående inn i gymsalen. Vi voktet henne med øynene. Hun gikk mot vaffeljernet. Nå tok hun hånden ned i lommene.

– La meg få en vaffel, sa damen. Mora til Møkka-Mons takket og neide og helte røre i jernet. Damen rotet i lommene. Så åpnet hun vesken og rotet der også. Ble det tusen kroner? Ti tusen? Hadde hun sjekk eller cash?

Nei, det er det rareste, sa hun.

– Jeg har visst glemt portemoneen. Så lukket hun vesken og ruslet smilende ut av gymsalen. Vi ble stående og se etter henne helt til røyken tøt ut av jernet til mora til Møkka-Mons.

– Arrividerci, sa Joffe.

– Kyss meg i ræva, sa jeg.

Pappa ble ikke med på turen. Han møtte opp ved avgang. Ønsket oss god tur og lykke til, og håpet at det ville bli Roma neste gang, men at vi, som han sa, ville glede oss over å besøke en av de rareste og mest undervurderte byene på Østlandet. Så rullet bussen ut av byen. Stemningen var behersket. Sjåføren spilte marsjer over stereoanlcggct.

En slags dempet jubel spredte seg i bussen da vi passerte skiltet som fortalte at vi snart var fremme. I Sarpsborg. Noen sparket i setet bak meg. Jeg hørte stemmen til Møkka-Mons.

– Jævla fin tur, Monrad. Kan vi snakke norsk her nede?

– Hvor er Pappaen din hen? sa en annen.

– Planlegger neste års basar, kanskje? sa en tredje. Alle lo. Babyface satt foran i bussen.

– Ja, mine damer og herrer, da ankommer vi snart Sarpsborg, begynte Babyface over høyttaleranlegget. – Sarpsborg er som de fleste av dere vet, én av de flotteste byer i Nord-Europa.

Alle hoiet og klappet.

Jeg fulgte med telefontrådene som buktet seg opp og ned utenfor vinduet. Med jevne mellomrom sparket noen i setet mitt. Jeg kastet et og annet blikk rundt meg. Alle klappet for Babyface. Bare ikke Joffe. Han kom og satte seg ved siden av meg.

– Han er bare en drittsekk, sa Joffe. – Skikkelig taper!

I bakgrunnen var Babyface godt i gang:

– Og nå, mine damer og herrer, skal selveste Aldo Monrad si noen ord om Sarpsborgs betydning for verdensøkonomien, og er vi heldige, kanskje også litt om Sarpsborgs rolle i utforskningen av verdensrommet.

Jeg lot som jeg ikke hørte. Men Babyface ga seg ikke. Joffe dunket meg i armen.

– Kom igjen, Aldo! Nå tar du'n, sa Joffe.

– Hvordan da? spurte jeg.

– Gjør som han sier, bare gå frem og si det som det er i mikrofonen, den fordømte drittsekken!

– Som det er?

– Si hva du vil, bare ikke vær feig, sa Joffe.. Han så på meg med et veldig alvorlig ansikt.

Nå ropte alle på meg. Aldo Monrad! Aldo Monrad! Det var ikke noen vei utenom. Jeg reiste meg og gikk foran i bussen. Babyface rakte meg mikrofonen.

Jeg ble stående og tenke meg om. Alle stirret på meg, som om jeg var ansvarlig for denne turen, som om jeg alene kunne belastes for bortkastede språkkurs og drømmer som brast.

– Aldo! Aldo! ropte Babyface.

Jeg var alene. Helt alene. Kanskje tenkte jeg at angrep er det beste forsvar eller noe sånt. Kanskje tenkte jeg på hva Joffe ville sagt. Uansett var det en total feilberegning da jeg omsider åpnet munnen. Dette var en situasjon for Joffe. Han var en ener. Jeg var den evige toer. Eller treer. Da skal du være temmelig sikker før du takker ja til hovedrollen. Jeg hadde ingenting å forsvare. Ingen ventet noe av meg. Jeg hadde ikke trengt å si noe som helst. Men nå stod jeg der. Møkka-Mons kastet appelsinskall på meg. Tallaksrud smilte uforstående til meg fra setet bak sjåføren. Jeg tok mikrofonen, trakk pusten, og bak i bussen, fra høyttalerne, hørte jeg min egen stemme:

– Vet dere hva man får når man parer en pungrotte med en fotball?

Det ble helt stille. Ingen sa noe. Ingen rakte opp hånden. Ingen ropte ut idiotiske forslag. Stillhet. Bare dieselmotoren som summet trofast under oss på vei mot down town Sarpsborg.

– Dirigenten i Bestum skoles musikkorps, sa jeg. Jeg hadde ikke ventet applaus eller latter. Men kanskje en slags spredt munterhet? Jeg vet ikke. Men da jeg stirret på menneskene rundt meg, skjønte jeg at loddet var kastet, slaget var tapt, broene var brent, alt sammen. Ingen lo. Bare Joffe stirret frydefullt i min retning. Jeg satt med kvikksand til oppunder ørene. Nå var det straks over.

– Vet du hvorfor de kaller deg Babyface? sa jeg og så ham midt i ansiktet.

– Jeg tror det holder, sa Babyface og forsøkte å ta fra meg mikrofonen.

– Fordi du alltid ser ut som du har bærsja på deg, sa jeg og lot ham få mikrofonen.

Bussjåføren satte på litt musikk. Folk så stort sett ut gjennom vinduene. Ingen møtte blikket mitt. Jeg hadde spilt feil rolle. Istedenfor å legge meg ned og ta imot slagene, hadde jeg forsøkt å heve meg over mobben. Være eneren, i et lite øyeblikk. Joffe light. Man skal aldri heve seg over mobben. Man må bare late som den ikke eksisterer. Late som man ikke skjønner hva som skjer. Hold deg unna deres banehalvdel. Du kan aldri vinne over dem. La dem le av deg. Jatt med dem. Hvis ikke, steiner de deg. Før eller siden. Jeg gikk tilbake til plassen min.

– Den greide du fint, sa Joffe med et skjevt glis.

– Takk skal du ha, sa jeg enda skjevere.
– Snakk om å drite seg ut, sa Joffe.
– Jeg er ferdig, sa jeg.
– Fornavnet, sa Joffe.

S arpsborg er som en smøreost du finner
innerst i kjøleskapet. Utenpå ligner det
noe spiselig, men når du tar av lokket, er det
mer som en sykdom i sølvpapir. Da bussen
stanset, skjønte vi at datostemplingen var gått
ut for en god del år siden. Vi steg ut på et slags
torv som var omgjort til parkeringsplass, men
det var nesten ingen biler der.

Byen virket ganske tom. For alt vi visste
hadde noen fyrt av en atombombe for et kvar-
ter siden. En fyllik stod opplent mot en vegg.
En dame og en hund skrådde over parkerings-
plassen med et tomt ansikt.

Vi ble tatt med til en kafeteria der vi fikk bol-
ler og brus. Bollene var tørre og ble stort sett
kastet rundt i lokalet. Brusen var av et merke vi
aldri hadde hørt om. En mann kom og sa noe.
Kanskje det var ordføreren. Ingen lyttet uansett.
Babyface fikk en tinntallerken av mannen. Litt
senere var vi på en bro og kikket ned i en foss.

På torvet møtte vi et korps fra Sarpsborg. De var mer enn dobbelt så mange som oss. De hadde drillpiker med miniskjørt og høye hatter. Babyface gliste til dem og klappet en av dem på baken. Hun rødmet og trakk seg unna. Gutta applauderte. Dette var Babyfaces dag.

Så stilte vi oss opp utenfor et handlesenter og spilte «Gammel Jægermarsj sammen med det fremmede korpset. De hadde klokkespill også. Ansiktene deres fortalte oss at uansett hva vi kom til å gjøre gjennom livet, ville vi aldri bli akseptert i Sarpsborg. Vi spilte Bestumsangen mens de geipet og holdt seg for ørene. Så fikk vi en time hvor vi kunne gjøre hva vi ville. Jeg gikk for meg selv. Joffe hadde dradd av gårde sammen med noen av de eldste. Per Gustav diltet etter dem. Nede ved elven møtte jeg Cornelia og en annen jente.

– Hei, sa Cornelia.

– Hei, sa jeg. Den andre jenta ble stående og glane.

– Vil du ha en pastill? spurte Cornelia og holdt frem en eske PP.

– Nei takk, sa jeg.

– Nei vel, sa Cornelia. Så gikk de videre nedover langs elven. Hun snudde seg en gang og vinket. Jeg vinket ikke tilbake. Jeg tror jeg likte henne. Litt. Skulle jeg sagt ja til pastill?

Turen hjem var ganske grei. Møkka-Mons og et par av de eldste hadde med en pakke sigaretter inn på bussen. Joffe var foran hos dem. Jeg hørte ikke hva de snakket om, men de sendte en sigarett til Joffe, som tok et drag og blåste ut gjennom nesen. Gutta lo. Joffe spilte i en annen divisjon. Han gikk i tredje klasse, men var buddy med gutta i sjette når det passet ham.

Bussjåføren fulgte engstelig med i speilet. På Mosseveien forsvant et par gardiner ut av vinduet. Da vi passerte Drøbak, flagret et par setetrekk opp gjennom lufteluken. Tallaksrud hadde sovnet. Joffe turnet fra håndtaket i takluken. Plutselig hørte vi et knekk, og Joffe lå på gulvet med håndtaket i hånden. Buss-sjåføren bråbremset og kjørte inn til siden. Babyface løftet Joffe opp fra gulvet, og et øyeblikk trodde vi han skulle slå. Men så slapp han Joffe og gikk foran til sjåføren igjen. Bussen startet, og vi gled ut på Mosseveien. Alle virket ganske slappe. Klokken var halv ti om kvelden da vi passerte skiltet med Oslo på. Noen klappet.

Før vi gikk av bussen fikk vi hver vår medalje til minne om turen. Den var i sølv og hang i en stoffdings av gult og rødt. Alle fikk hver sin, unntatt Joffe. Babyface hvisket noe i øret hans. Joffe så flat ut. Han gikk ut av bussen og forsvant.

På medaljen var det preget inn en note i laurbær. På baksiden stod det «Sarpsborg» og dato. Da jeg var kommet litt ned i veien, hev jeg den over et gjerde.

Jeg hørte skritt bak meg. Da jeg snudde meg, så jeg Joffe. Han småløp for å ta meg igjen og så ganske sliten ut.

– Babyface skal tas, sa han.

– Jeg driter i Babyface, sa jeg og gikk videre. Joffe tok tak i ermet mitt. Han så alvorlig ut.

– Hør her. Joffe vil ha hevn. Aldo vil ha hevn.

– Æsj, sa jeg og forsøkte å trekke meg løs.

– Jeg er sparket ut av korpset, sa Joffe. Han hadde et sårt uttrykk i ansiktet. Det var nesten som om han var på gråten.

– Tuppa ut? spurte jeg. Joffe nikket.

– Fatter'n banker meg for mindre enn det. Han så virkelig fortvilet ut.

– Ble du virkelig pælma ut?

– Er du med meg, eller mot meg? spurte Joffe.

– Jeg er vel med deg, sa jeg litt nølende.

– Klart du er med! Bra, Aldo! Dritbra! Blod! ropte Joffe.

«I det musikalske fellesskapet fins det også tid for leik og konkurranse. Mange uoverensstemmelser kan løses i vennlig og uhøytidelig kappestrid.»

Den grå Skodaen gikk på tomgang. Dama til Babyface lyttet på radio. Vi hørte bassen dunke gjennom det fislete karosseriet. Per Gustav holdt vakt i porten. Joffe og jeg ålte oss nærmere bakfra. Et øyeblikk trodde vi hun hadde sett oss i speilet, men hun gjorde noen bevegelser med hånden over ansiktet, sjekket vel bare leppestiften eller maskaraen eller andre kvinnegreier.

Nå var vi fremme ved støtfangeren. En bil passerte, men så oss sannsynligvis ikke. Joffe åpnet posen og dyttet den bort til meg. Jeg ristet på hodet.

– Ikke tull, hveste Joffe. – Vi holder oss til planen!

Han hadde rett. Så jeg fisket frem jekken og plasserte den forsiktig midt mellom bakhjulene. Joffe rakte meg håndtaket. Jeg monterte det uten en lyd. Så begynte jeg forsiktig å jekke. Dama til Babyface svevet sakte oppover i luften, en liten millimeter av gangen. Joffe holdt øye med hjulene. Jeg hadde jekket et par minutter da Joffe signaliserte at det var nok. Akkurat da hørte vi plystresignalet. «Gammel Jægermarsj». Såpass hadde han lært, Per Gustav. Jeg surret en tykk hyssing rundt jekken og nøstet meg vekk fra bilen og inn bak noen busker. Joffe fisket frem en tynn kjetting. Lynraskt monterte han den ene enden i slepefestet på bilen. Så kastet han kjettingen inn mellom hjulene og ut under den ene døren. Per Gustav plystret høyere. Babyface var rett rundt hjørnet. Joffe rakk akkurat å krype vekk fra bilen og feste kjettingen i skoleporten idet Babyface og Møkka-Mons kom rundt hjørnet sammen.

– Ja, takk for i dag, sa Babyface.

– Ligemåde, sa Møkka-Mons med den lille raspende smiskestemmen sin. Han satte seg på sykkelen sin og vinket til dama til Babytrynet.

Babyface satte seg inn i bilen, lukket døren, festet sikkerhetsbeltet, vi hørte clutchen trykkes inn og motoren bli satt i første gear.

Først var det akkurat sånn vanlig kvinne – bak-rattet-lyd. Motoren hvinte på ganske høyt turtall. Jeg tror hun tråkket inn clutchen igjen for å geare én gang til. Hun følte nok selv at hun ikke hadde fått den i gear. Men jo da, der satt den. Nå ga hun full pinne, men Skodaen stod like stille. Da turtallet var på det aller høyeste og eksosen tøt blågrå ut av det lille røret, dro jeg i hyssingen. Det lille nappet kombinert med rusingen av motoren var mer enn nok til å trekke jekken vekk under bilen. Vi hørte et lite bomp idet Skodaen traff bakken og dekkene freste etter veigrep. Sort røyk veltet frem under bilen. Det pep i gummien og Skodaen gjorde et merkelig byks fremover, som om den forsøkte å steile. En sjofel lyd gjennomskingret skumringen. Lyden av tusenvis av store og små motordeler fra Øst-Europa som skrek av smerte. Så sluknet motoren. I noen sekunder var bilen nesten forsvunnet i røyken.

Babyface hoppet ut av bilen. Han hadde vel en følelse av hva som hadde skjedd. Akkurat da kom Joffe rundt hjørnet.

– Jøss, sa Joffe. Har du ikke hatt olje på motoren?

Babyface frådet. Han gikk bak bilen, men jekken hadde jeg for lengst tauet inn. Babyface forsvant videre rundt bilen, men ble ikke klokere. Han la ikke merke til kjettingen på den andre siden.

– Skal jeg dytte dere i gang? spurte Joffe. Babyface sa ingen ting. Han satte seg inn i bilen smelte igjen døren. Vi kunne høre og dama hans si noe, og Babyface som skrek. Han skrek «kjør!». Og så startet dama til Babyface bilen igjen. Denne gangen stemte det bedre. Hun fikk bilen i gear og den beveget seg i riktig retning.

Det var omtrent da hun fikk bilen i tredje gear at Joffes kjetting var skikkelig stram. Vi var spente på hva slepefestet på en Skoda tåler. Men du kan si hva du vil om østeuropeiske biler. De gir seg ikke for litt motstand. Det skrek i stål da Joffes kjetting begynte å jobbe. Den store smijernsporten forsøkte å klamre seg fast til skolemuren, men måtte gi tapt. Den løsnet fra hengslene med et slags pang etterfulgt av noe som kunne ligne på et enkelt slag med hammer på en kirkeklokke. Tvæng! Babyface og dama forsvant rundt svingen ved menighetshuset, og det var så rart å se den store skoleporten forvandles til et litt dovent prosjektil. Porten som hadde stått halvåpen og fastrustet i et par generasjoner, våknet til liv. Den liksom bykset ut i gaten hvor den ble liggende et halvt sekund – kanskje et helt før slepetauet strammet seg til bristepunktet for andre gang.

Møkka-Mons var på vei rundt svingen på sykkelen sin. Det lille panget og den underlige klokkelignende lyden fikk ham til å snu seg. Ingen som var der vil noensinne glemme ansiktet til Møkka-Mons idet Bestum skoles inngangsparti fra østsiden så ut til å skulle innhente ham.

Møkka-Mons slapp styret, og det kunne se ut som han forsøkte å klatre opp i løse luften. Sykkelen hans (en Rød Svithun med speedometer og to Boschlykter) gikk rett frem, men porten sneiet bakhjulet hans og kastet Møkka-Mons opp i været. Porten deiset inn i en parkert bil og ble liggende halvveis inn i baksetet. Møkka-Mons traff muren, svevet over og landet på nedsiden i Holgerslystveien. Han var vekk. Vi løp bort til muren. Møkka-Mons lå stille. Vi trodde han var død. Han blødde i pannen. Babyface kom løpende og kikket over muren han også. Tallaksrud kom gående i rask fart. Alle stirret vi over muren og ned på Mons Martinsen, trompet. Han lå urørlig. Men så, plutselig beveget det seg der nede. Møkka-Mons beveget hodet noen centimeter. Det så ut som han hadde vanskelig for å løfte armen, det var så vidt han klarte å peke opp på oss. Han var hvit i ansiktet. Ved siden av ham lå sykkelstyret med to Boschlykter og en løs dynamo.

– Hvordan gikk det? ropte Babyface.

– Dere er døde! skrek Møkka-Mons. – Alle sammen.

S lutten av april. Asfalten lå tørr i skolegården. Vakka testet vannfontenen. Fru Vakka kostet trappen foran inngangen. Solen var på vei ned over Fornebu, men greide liksom ikke å bli skikkelig rød. Et fly gled inn for landing uten en lyd.

Vi stod oppmarsjert i skolegården. Babyface inspiserte rekkene. Han hadde en liten fløyte i munnen. Det var så rart å se ham utendørs i en litt for trang vindjakke. Håret blåste hele tiden ned på den ene siden av hodet hans.

Det stod noen småunger og glante. Vi var deres drømmer. Vi var Bestum skoles musikkorps. Straks skulle vi marsjere. Babyface var akkurat i gang med å fortelle om venstrebenet. Alltid venstrebenet først, sa Babyface. Noen spurte om vi skulle hinke, men da forklarte Babyface at når vi marsjerer, så starter vi med å flytte det venstre benet, ikke høyre som man skulle trodd. Vi skulle kjenne taktslagene og enerne i venstre ben. Det ble en del tøysing om dette med benet.

Og det var da Babyface skulle forklare det for tredje gang, noen snudde seg mot porten og pekte. En bil hadde stanset. En dame hjalp en gutt ut av bilen. Det var mora til Møkka-Mons. Hun støttet ham inn i skolegården. Han hadde den ene armen i fatle. Han hadde bandasjer rundt hodet, krykke og en sånn krave rundt halsen.

– Jøss, gutt, sa Babyface. – Hvordan går det?

– Fint, sa Møkka-Mons med et ekkelt smil. – Kjempefint!

– Vel, sa Babyface og snudde seg mot resten av korpset. – Da begynner vi. Han ble ganske militær i stemmen. Plutselig brølte han Rrrrrett!». Trommen dasket litt, Cornelia dengte lokkene sammen i et kræsj, og så var vi i gang. Vi marsjerte rundt i skolegården som en lang orm. Det virket umulig å få hele korpset til å bevege seg på likt. Det var alltid noen av rekkene som ble stående stille og fikk dem som kom bak i ryggen. Ungene lo av oss. Babyface freste og viste oss noen små dobbelttrinn for å komme inn i takten igjen. Møkka-Mons lente seg på krykken og så på.

Vi marsjerte enda et par runder før vi stanset opp. Møkka-Mons kom hinkende bort til oss.

– Blir du kjekk til den 17.? spurte Babyface.

– Tror da det, sa Møkka-Mons.

– Du skulle jo spilt ved flaggheisingen også, sa Babyface.

– Jo'a, sa Møkka-Mons. Går sikkert bra det …

Vi hørte jugekorset. Vi så det flakkende blikket. Vi ante smerten som lå under den minste bevegelse. Vi så nakkekraven. Skulle Møkka-Mons fronte flaggheisingen på Bestum skole om Morgenen 17. mai, måtte han satse på et middels mirakel. Skulle han stå der, alene, bare han og trompeten, blankpussede begge to, og spille «Ja, vi elsker», måtte solen gå ned i øst og månen bli firkantet og blå. So long, Møkka-Mons. Din karriere er over. Med det fatlet og den bandasjen og den nakkekragen får du ikke engang i deg eggedosis uten hjelp av mora di. Hva gjør du forresten når du må …

– Det ser ut som vi trenger en reserve for Mons, begynte Babyface og så utover forsamlingen. Noen forsøkte å gjøre seg gjeldende, men de fleste trakk seg litt unna. For det første var flaggheisingen uforskammet tidlig på en fridag da de fleste har tilbragt natten med å sprenge postkasser og tigge russekort. For det andre handlet det om «Ja, vi elsker». Ikke et vondt ord om nasjonalsangen, men den har få pauser og inneholder noen leie toner mot slutten.

Babyface stanset ved Tom Tangen.

– Det må bli kornett, Tom, du må ta over for Mons.

– Sorry, sa Tom Tangen. Det går ikke.

– Hva mener du? sa Babyface.

– Er hos bestemutter'n på Hamar om morgenen.

– Er det så viktig, da? spurte Babyface.

– Kan jo ikke bare droppe det. Vi er der hvert eneste år. Hun er ganske syk og ligger i sengen og..

– Ja da, ja da. Men flaggheising er da viktigere enn …

– Jeg kan spørre hjemme, sa Tom. – Men jeg tror det er dødfødt, gitt.Møkka-Mons sa noe i øret på Babyface.

Babyface nikket.

– Ja, det er nok det smarteste. Mons har helt rett. Aldo, du har et ærefullt oppdrag foran deg.

Alle så på meg. Jeg skjønte ikke hva han sa. Skulle jeg ta over? Men … Skulle jeg, Aldo Monrad, spille på min kornett? Hva med Tom Tangen? Hvor syk var egentlig bestemora hans? Kanskje hun lå for døden når alt kom til alt. Galopperende tæring. Var det sikkert at hun varte helt til den syttende? Ærefullt oppdrag? Skulle jeg stå på podiet og spille Ja, vi elsker idet Vakka heiser flagget til topps mens hundrevis av foreldre og andre fremmøtte tørker tårer og holder studenter – luene i hånden? Og så, etterpå, «Bestum – sangen?

Nei, nå tøyser dere, tenkte jeg og ristet forsiktig på hodet. Noen klappet. Jeg så øynene til Møkka-Mons. Han lignet på en tysk torturist fra krigen. Du er død, Monrad. Ondskapen lyste i de smale sprekkene som skulle være øyne. Han ville aldri bli frisk nok til å spille, ikke om han fikk en million. Aldo Monrad til skafottet! Aldo Monrad til stolen! Gi ham én million volt. La ham steke i sitt eget fett. Klokkene ringer for Aldo Monrad! Han skal dingle. Han skal dingle! Han skal spille «Ja, vi elsker på kornett! Han er død!

Mitt liv nærmet seg slutten. Jeg så rundt meg. Ja, det er så rart med venner. Vi stod fremdeles oppmarsjert. Jeg stod et sted inne i midten. Aldo Monrad ser seg rundt. Men ansiktene er fremmede. De kommer mot meg. Jeg ser hvordan munnene åpner seg. De har huggtenner og klaprende tunger. Ut av kjeften på Babyface vokser det noter som kveiler seg mot meg, tar tak rundt livet mitt, sylskarpe negler borer seg inn i huden og trekker meg med. Bortover mot flaggstangen. De fester meg til tauet. Det er Møkka-Mons som heiser meg opp. Helt til topps. Spill, Aldo, spill! De roper i takt og kaster rytmeinstrumenter etter meg. Jeg henger med bena i været. Blodet synker ned i hodet mitt. Jeg har mistet følelsen i kroppen. Jeg svimer av et øyeblikk. Da jeg våkner, ligger plassen øde. Jeg kjemper for å holde meg våken, men til slutt gir jeg opp og lar hodet henge fritt ned. Jeg dunker pannen inn i flaggstangen. Klokken er tolv om natten til den 18. mai. Skoleklokken ringer.

Mamma stod i døren.

– Hadde du mareritt, Stompen min?

– Nei da, sa jeg. Bare en litt merkelig drøm.

– Du er trygg nå, sa Mamma. Pappa kom i døren.

– Du ropte så høyt, sa han. – Hadde du et mareritt, gutten min?

– Nei, og atter nei, sa jeg.

– Ja, gratulerer da, sa Pappa.

– Med hva? sa jeg.

– Ja, det er ikke alle som spiller solo ved flaggheisingen etter så kort tid, sa Pappa. Mamma tørket en tåre, tror jeg.

– Det blir ikke noe av, sa jeg og trakk dynen over hodet.

– Blir ikke noe av? Hvis du gir opp nå, så klarer du ingen ting i livet. Man skal ikke gi opp så lett, sa Pappa. Stemmen hans var ullen og fjern gjennom dynen. Mamma sa ingen ting.

– Du har nesten tre uker på deg, Aldo. Et hav av tid. Et hav!

– Vær snill og slukk lyset når dere er ferdige, sa jeg.

J eg stod utenfor en oppgang i Kirkeveien. Bilene suste forbi. Det var rushtid. For noen dager siden hadde jeg funnet en liten lapp i jakkelommen. Jeg visste ikke hvem som hadde lagt den der. Jeg merket den ikke før ute i et frikvarter. Det var en liten avisannonse. Jeg skulle akkurat kaste den, da jeg kom til å lese teksten:

«Spill trompet etter 1 uke. Overrask familie og venner!» Noen hadde strøket over «trompet». Med blokkbokstaver i kulepenn stod det «KORNETT» i stedet. Under overskriften var det et bilde av en mann med dress og trompet. Han virket ganske selvsikker og hadde et lite smil ytterst i munnvikene. Det var som om han gliste til meg, medvitende om min skjebne. Det var noe kjent med det ansiktet.

Det stod en adresse og et telefonnummer nederst i hjørnet på annonsen. Norsk Trompetinstitutt. Det hele virket ganske mystisk.

Jeg studerte teksten én gang til mens jeg følte at noen stirret på meg. Jeg kastet noen blikk rundt meg, men ingen fulgte med

på hva jeg gjorde. Bare Cornelia. Hun stod borte ved flaggstangen. Da jeg så på henne, snudde hun seg vekk.

Jeg lot fingeren gli nedover navneskiltene, men jeg kunne ikke finne Norsk Trompet – institutt. Skulle akkurat til å gå, da jeg la merke til et kjent navn under en av ringeklokkene. Roald Andersen. Kunne det være Roald Andersen, dirigenten?

Jeg ringte på. Ingenting skjedde. Så jeg ringte én gang til. Etter noen sekunder hørte jeg summing i døren. Jeg rakk akkurat å åpne den.

Det luktet kål og fremmed i oppgangen. Han bodde i fjerde etasje. De fleste dørene var ganske nedslitte med kikkhull og gammeldagse dørskilt. Døren stod på gløtt i fjerde. «Norsk Trompetinstitutt» stod det på skiltet. Jeg gikk forsiktig inn.

– Hei, sa jeg. – Hallo!

Roald Andersen var ubarbert. Veldig ubarbert. Skjorten hans var kneppet feil og var litt lenger på den ene siden. Han hadde lange underbukser i mai. Han var barbent.

– Hvem er du? sa Roald Andersen og gikk inn i entreen. Jeg gikk inn og bak meg. lukket døren.

Roald Andersen stod inne på kjøkkenet. Det stod oppvask og flasker overalt. Inne fra stuen hørte jeg musikk, lav gammeldags jazz-musikk. Andersen blandet ikke kaffe, han satte bare kjelen på en plate og slo på komfyren.

Jeg forklarte hvem jeg var. Uten å klage gjorde jeg rede for sakens fakta, kaldt og presist. Roald Andersen lyttet.

Da jeg var ferdig, så han på meg mens han klødde seg i skjeggrøttene. Han sa han kjente meg igjen fra korpset.

– Og hva vil du med meg? spurte ham.

– Er det ikke du som er Norsk Trompetinstitutt?

– Tja, så vidt jeg vet så er det det...

– Du skal lære meg å spille «Ja, vi elsker» på kornett, sa jeg. Det var som om en annen, fremmed stemme snakket for meg.

– Ja vel, sa Andersen. Jeg forstår. Du vil spille kornett. Og når var denne heisingen av flagg, sa du?

– Den 17, sa jeg. – 17. mai. Om ti dager.

– Det skal gå bra, sa han. – Dette fikser vi. Du og jeg.

Nå kokte kaffen i kjelen. Han helte opp i en skitten kopp og tømte den ned. Så fant han en vinflaske med en slant i som han luktet på. Han gjorde en grimase før han helte ned alt sammen. Den smakte visst bedre enn den luktet. Andersen tok en kikk på etiketten og nikket anerkjennende. Jeg kikket bak meg og inn i stuen. Det stod noen bilder på et flygel. En familie. Jeg kjente igjen Andersen. Han virket litt yngre på bildet. Mer som mannen i trompetannonsen. Det var en liten jente på bildet også. Baby omtrent. Det var noe kjent med henne.

– Dette går fint, sa Roald Andersen. – Gå hjem nå, og vent på nærmere beskjed. Hva var det du het, sa du? Er det ditt flagg som skal heises? Og hvem var det sin fødselsdag?

Jeg rakte ut hånden for å takke og for å besegle pakten. Han ble bare stående ved vinduet og mumle. Jeg fant veien ut selv. Da jeg lukket døren bak meg, hørte jeg ham rope.

– «Ja, vi elsker»! ropte Andersen. – Den er grei!

– Så du skal spille «Ja, vi elsker» solo, du? sa Tallaksrud.

– Ser sånn ut, sa jeg.

– Det går så bra så, sa Tallaksrud, med hele kroppen i jugekors. Vi får kanskje spille igjennom en gang, for sikkerhets skyld?

– Jeg vil helst hjem og øve, sa jeg.

– Ja, det vil du vel helst, sa Tallaksrud.

– Mamma er syk, la jeg til.

– Hun er vel det, sa Tallaksrud.

Pappa stod ute i gangen og konfererte med Babyface.

– Er dere igjennom alt? spurte Pappa.

– Det går til helvete, sa jeg.

– Nei da, Aldo. Det pleier da ikke være noe i veien med selvtilliten din, sa Babyface.

– Han er vel litt nervøs, sa Pappa.

Babyface nikket. Han så på meg med et litt for elskelig smil. Han hadde måttet ta trikken hjem siden Skodaen til dama hans forsøkte å kidnappe skolen vår. Jeg syntes jeg kunne kjenne røyklukten ennå.

– Bare bra med litt nervøsitet, sa Babyface. – Nei, for det er vel ingen grunn til at du som er med i samspillet, ikke skulle fikse noe så enkelt som «Ja, vi elsker»?

– Nei, sikkert ikke, sa jeg.

Tallaksrud kom ut på gangen. Han rullet på en røyk.

– Vel, vel, sa Tallaksrud og kikket på klokken..

– Ja, nå gjelder det, sa Pappa.

– Det er sikkert og visst, sa Babyface og klemte hånden sin rundt nakken min, slik voksne menn gjør med gutter av en eller annen uforståelig grunn. Kamerater liksom.

– Vel, vel, sa Tallaksrud og kikket ut av vinduet.

– Er det noen fremskritt hos denne banditten, da? spurte Pappa. Nå var det han som tok nakkegrep på meg. Jeg vred meg unna.

– Jo da, jo da, sa Tallaksrud. – Fremskritt? Vel...

– Litt av en sjanse, sa Pappa.

– Ja, det får en si, sa Babyface.

Roald Andersen svarte ikke på telefonen. Jeg hadde ringt ham til alle døgnets tider. Han var min redning. Det var han som skulle vise meg trikset, gi meg inngangsbilletten, montere englevinger på ryggen min og gi meg overnaturlige evner. Kornett på en uke. Syv dager. 168 timer. 10.080 minutter. 604.800 sekunder. Det var alt man trengte for å lære å spille trompet. Kunne kanskje trekke fra et par hundre tusen sekunder for kornett. Men for hvert av disse dyrebare sekundene som gikk, ble det mer umulig å sno seg unna. Så hvor var Andersen? Hva slags plan var det han hadde?

14. mai tok en grøtete stemme telefonen.
– Hvem der? spurte Andersen.
– Aldo Monrad på vei til skafottet, sa jeg.
– Ah, Ja, vi elsker», var det ikke så?
– Jo, det er bare tre dager igjen. Hva skal jeg gjøre? Jeg trodde du skulle lære meg å spille.
– Si meg, kan du noter? spurte Andersen
– Nei, sa jeg.
– Kan du skalaen? Du kan vel skalaen? Du vet, «Ja, vi elsker» er jo omtrent bare skalaen med litt smårot i tillegg.
– Jeg kan ikke skalaen, nei.
– Hva kan du, da?
– For å si det rett ut så kan jeg ikke en dritt.
Det ble stille i den andre enden. Jeg hørte ham tenne seg en røyk.
– Du er i trøbbel, Aldo. Lær deg skalaen!

Lær deg skalaen! Alt begynner med skalaen.
Etterpå kommer det av seg selv.

– Skal jeg trekke meg?

– Man trekker seg ikke uten videre, vet du.
Det skal da bli et skikkelig mannfolk av deg,
Aldo? Men dette fikser vi.

– Hvordan da?.

– Jeg får vel komme en tur, sa Roald
Andersen.

– Når da?

– På den syttende.

– Er ikke det litt sent?

– Det er aldri for sent, sa Andersen og la
på røret.

Mannen var gal. Skulle han kanskje sette en
sprøyte i rumpa på meg, Ja, vi elsker og ska-
laen i intravenøs versjon? Skulle han hypno-
tisere meg? Skulle han ta med seg en kornett
og buktale sånn litt fra sidelinjen?

Aldo Monrad var gal! Det virker så ufattelig
i ettertid. Jeg kunne lagt meg til sengs med
feber. Jeg kunne holdt den ene hånden over
en åpen flamme. Jeg kunne kælvet på sykke-
len. Jeg kunne tømt sparebøssen og hoppet
på et tog. Hoppet under et tog. Jeg kunne sagt
ved middagsbordet at jeg hadde holdt alle
for narr. Kanskje jeg ville vokst på det – denn
ærlig, liksom.

Jeg har lest om mennesker som er sykelige gamblere. De innser ikke at hus, penger og familie er i ferd med å forsvinne, men satser stadig mer ved ruletten eller pokerbordet. Jo dypere de sitter i klisteret og jo mindre sjanser det er for at de skal vinne, desto sterkere klamrer de til det lille som er igjen. Og seg når alt er spilt bort, låner de penger ved løgn og svindel og spiller bort dem også.

Spillegalskap. Det var det det var. Bare at jeg spilte ikke poker eller rulett. Jeg spilte kornett. Forsøkte i alle fall. Jeg nektet å innse nederlaget. Det er liksom ikke bare bare å kringkaste for hele verden at man har dratt en spansk en sammenhengende i et års tid. «Dette greier du,» sa Pappa. «Stompen min,» sa Mamma. Fin hjelp.

Kirkeveien igjen. Døsig ettermiddag. Noen gutter syklet nedover mot Frognerbadet. En dame trillet på en avistralle. En hund slentret rundt hjørnet til Bogstadveien. Jeg fant ringeknappen og holdt den inne noen sekunder. Det summet i døren. Jeg småløp opp trappene. Det luktet fortsatt kål.

Døren var lukket. Jeg banket på. Noen kikket gjennom kikkhullet, jeg kunne se et øye som stirret på meg. Brevsprekken ble åpnet, og noen snakket til meg. Det var ikke Roald Andersen, men en litt hes og pipende stemme.

– Han er ikke hjemme. Gå din vei!

– Slipp meg inn! Hjelp meg. Jeg må lære skalaen.

Det ble stille. Helt stille. Så hørte jeg dørlåsen vris om. Døren ble åpnet. Først en nølende sprekk, så gled den opp på vidt gap.

Det var ingen der inne. Jeg gikk inn i entreen. Det var ingen på kjøkkenet heller. I stuen satt et menneske med ryggen til meg. Det var en pike. Hun hadde bena opp under seg i den dype kurvstolen. Cornelia.

– Hva gjør du her? sa jeg.

– Hva tror du? sa Cornelia. Nå kjente jeg henne igjen fra bildet ved pianoet.

– Er... Er Andersen... Er Roald Andersen... Er det...

– Ja, sa hun mutt. – Han er Pappaen min.

– Bor du her? spurte jeg.

– Av og til, sa hun.

Det var ikke mer å si om det. Det var ikke mer å si om noe som helst. Verden var utsnakket. Ord kunne ikke hjelpe på noe. Markedet var tomt for gode eller halvgode replikker. Jeg ble stående og fikle med glidelåsen på jakken min og mumle lyder. Så husket jeg annonsen. Jeg hadde den fremdeles i lommen. Den var blitt ganske krøllete. Jeg holdt den frem mot henne.

– Var det deg som...

Hun nikket.

– Jeg skjønte jo at du ikke kunne spille, sa hun.

– Hvordan da?

– Bare skjønte det.

– Hvorfor spiller du lokk? spurte jeg.

– Fordi jeg hater trompeter.

– Hater trompeter?

Hun reiste seg og gikk inn på kjøkkenet. Nå kan du gå, sa hun. Og så hørte jeg et lite "Vær så snill». Jeg tror hun var på gråten. Det var jeg som skulle gråte.

– Jeg må lære meg skalaen, sa jeg. Cornelia kom ut fra kjøkkenet. Vi ble stående og se litt på hverandre.

– Se her, sa hun og gikk bort til et skap. Hun åpnet døren og tok ut en trompet fra en pose av semsket skinn. Hun la fingrene over ventilene.

– Det er jo så utrolig lett, sa hun. – Se her:

C-D-E-F-G-A-H-C. Hun trykket ned ventilene for hver note.

– Pekefingeren er 1. Langfingeren er 2. Ringfingeren er 3. Alt du trenger å huske er at du ikke trykker noen for C. For D trykker du 1 og 3. For E trykkes 1 og 2. F er 1. G er 0 og H er 2. Så kommer C igjen – altså 0.

– Kan du vise meg det én gang til, litt saktere? Hun tok en kulepenn og skrev det ned på en avis og rev ut siden, brettet den sammen og ga den til meg.

– Se her, tenk at dette er to telefonnumre du er nødt til å huske: 0-13-12-1 og 0-12-2-0. Det tar tre minutter å huske. Og da husker du hvilken finger du skal trykke ned for hvilken tone. Der har du skalaen din! Og så blåser du inn der, sa Cornelia irritert og pekte på munnstykket.

– Der har du kornettkurset ditt. Skalaen på ti sekunder, ikke en uke. Kan du være så snill og gå nå?

– Hvordan husker jeg rekkefølgen på tonene?

– Det har du vel lært?

– Ja, det har jeg sikkert. Men jeg har det liksom ikke inne. Please.

– Lag en regle. En historie ut av bokstaven. Cornetten Det Er Fine GreierAlle Har Cornett, sa Cornelia. Hun virket litt blidere.

– Hva med Cornetten Det Er Faens Greier Aldo Har Cornett.

Hun lo. Håret falt ned i pannen hennes. Hun hadde en hårstrikk i lommen. Jenter har alltid en hårstrikk i lommen. Hun puttet strikken i munnen mens hun samlet håret med hendene. Så festet hun strikken. Cornelia med hestehale.

– Takk skal du ha, sa jeg og gikk ut i gangen. Hun ble igjen i stuen. Jeg lukket døren bak meg og løp ned trappen. Luften virket friskere. Menneskene virket blidere. Selv trærne smilte til meg. Jeg var kongen av verden. Ingen ting kunne true meg nå. Jeg kunne kjenne «Ja, vi elsker» med fingertuppene. Cornelia

Det Er ... Faens... Flott. Fantastisk! ehhh... Grei-
er. Aldo Har Corn... Cornett! Hmmm.

Det var bare det at «Ja, vi elsker» ikke er
skalaen sånn rett frem. Og så var det bare det
at Hr. Kornett stort sett fortsatt ikke hadde
mer på hjertet enn fssssss. Først utpå etter-
middagen den 16. fikk jeg noenlunde lyd.
Nå vekslet Hr. Kornett mellom fsssss og ffff-
fuuuuuuh. Klokken ble halv åtte om kvelden
før Hr. Kornett lot seg lure til å utstøte noe jeg
antok kunne være en note – et langt klagende
aaaaaaaaaahh.

Jeg gikk ut i gangen og ringte Joffe. Jeg sat-
te ham sånn passe inn i sakene.

– Kan du ikke spille? sa Joffe.

– Drit i det, sa jeg. – Du må hjelpe meg.

– I nesten ett år! Og så kan du ikke....

– Ja, det er jo det jeg sier! Hva skal man
øve for? Hvordan gikk det med deg, om jeg
tør spørre?

– OK, sa Joffe. – Hva skal jeg gjøre? Hva er
det som er problemet?

– Flaggheisingen i morgen tidlig, sa jeg.

– Hva med den? spurte Joffe.

– Skal avlyses, sa jeg.

– Null flaggheising på 17. mai? spurte Joffe.

– Null flaggheising, sa jeg. – Null flagg. Null
stang. Null mennesker. Null Aldo Monrad
med kornett.

– Blir ikke lett, sa Joffe. – Du må la meg tenke litt. Kan jeg ringe deg om et par timer?
– Ring meg når som helst, sa jeg.

Jeg gikk ned på kjøkkenet. Mamma stod ved strykebrettet. Hun presset uniformsbuksene mine. Pappa satt og så på og kom med råd.

– Kjenn så skarp, sa Mamma og holdt pressen på buksene mot meg. Pappa monterte medaljen på jakken. Han hadde skaffet en ny fra Sarpsborgturen.

– Det blir fint, sa jeg.

– Er du nervøs? spurte Pappa

– Slett ikke, sa jeg.

Det ringte i telefonen. Det var Joffe. Han sa vi hadde tre mulige veier å gå. Han virket usedvanlig tillitvekkende. Man tror jo på hvem som helst når man henger etter én finger over avgrunnen. Joffe var en ener. Jeg var en toer foran nedrykk – til alle de andre. Røkla.

Hvor slutter denne historien? Hva er egentlig foskjellen på triumf og tragedie? Hvorfor nekter vi mennesker å ta virkeligheten inn over oss, se verden i øynene? Kan vi ikke være ærlige mot hverandre et ørlite sekund? Hva er det som er løgn? Og hva er det som er sant?

Er det dette:

I en skolegård ved Bestum skole samles stivpyntede mennesker. Det er 17. mai, klokken er 08.00 og flagget skal snart heises.

På det lille trepodiet står Aldo Monrad, Bestum skoles musikkorps' førstekornettist. Idet vaktmesteren gir tegn, siver de tonene som til sammen danner selveste nasjonalsangen ut fra en nypusset kornett. På en nærmest mirakuløs måte har denne tilsynelatende umusikalske gutten tilnærmet seg notesystemet og toneartenes mysterium på mindre enn et døgn. «Ja, vi elsker» etterfølges av «Bestumsangen» idet flagget er gått til topps i den gamle, men fortsatt solide flaggstangen. Folk røres til tårer. Noen sier at det var som om tonene kom langveis fra, fra himmelen, kan skje? Magisk! Menneskene smiler mot hverandre. Uvenner blir venner. Ekteskap limes sammen igjen. Gutter leker med jenter. En katt slikker pelsen på en hund. Solen smiler ned til menneskene. Det er fred på jorden. Gratis iskrem til alle. Bak hjørnet i uværsskuret nikker Roald Andersen tilfreds til Aldo Monrad som hever tommelen i været. Roald Andersen legger trompeten ned i kassen, klatrer over gjerdet. Der venter Cornelia med sykkel. Hun har ikke regulering lenger.

Eller dette: I en skolegård ved Bestum skole samles stivpyntede mennesker. Det er 17. mai, klokken er 08.00 og flagget skal snart heises.

På det lille trepodiet står Aldo Monrad, Bestum skoles musikkorps' førstekornettist. Han skotter bort til Vakka som følger med på klokken. Han ser etter sin gode venn Joffe, redningsmannen. Nå er Vakka klar, han nikker til unge Monrad som løfter kornetten til munnen. Men akkurat idet publikum fornemmer den første tonen i nasjonalsangen, inntreffer følgende:

Flaggstangen, Bestum skoles flaggstang – den som har stått der i alle år, helt siden skolen ble grunnlagt i 1925 – løsner på en merkelig måte fra sokkelen, og som i sakte film dei – ser den i bakken og sneier overlærer Valberg med noen få millimeter. Folk får panikk, trekker seg unna, roper på barna, og glemt er i grunnen hele nasjonalsangen. Utenfor guttedassen ser Aldo Monrad sin venn, Jon Fredrik Michaelsen, også kalt Joffe. Han blunker med det ene øyet til Aldo. Aldo hever tommelen tilbake. Dagen er avlyst.

Eller denne:

I en skolegård ved Bestum skole samles stivpyntede mennesker. Det er 17. mai, klokken er 08.00 og flagget skal snart heises.

På det lille trepodiet står Aldo Monrad, Bestum skoles musikkorps' førstekornettist. Idet vaktmesteren gir tegn, høres det sirener. En politibil skrenser inn i skolegården. Ut kommer fire menn fra terrorpolitiet. En politimann snakker til de fremmøtte i megafon. Noen har ringt inn en bombetrussel mot arrangementet som fra politiets side nå er å anse som avlyst. Det blir ingen flaggheising fra denne stangen i år. Folk går hver til sitt, litt skuffede, men innerst inne vet de jo at det kommer en 17. mai neste år også.

Idet skolegården er i ferd med å tømmes og politimenn med bombehunder gjennomsøker området rundt flaggstangen og podiet, dukker Joffe frem fra buskene. Aldo Monrad vinker til ham med tommelen i været. Joffe later som han ikke kjenner ham. Venner når det gjelder!

Hva med denne:

Musikkhistorie på folkeskole i vårt distrikt

I en skolegård ved Bestum skole samlet stivpyntede mennesker seg på nasjonaldagen. Det var 17. mai, klokken var 08.00 og flagget skulle snart heises. Få eller ingen visste da at man skulle være vitne til et kapittel i blåseinstrumentenes historie.

Kornettbegavelse

På det lille trepodiet stod Aldo Monrad, Bestum skoles musikkorps' første kornettist. Idet de første liflige toner i «Ja, vi elsker» bredde seg ut over de tusener av fremmøtte, skjedde det få av de nevnte fremmøtte noensinne vil klare, langt mindre ønske, å glemme.

Improvisert duo overbeviste

Den tidligere legendariske dirigenten i Bestum skoles musikkorps, Roald Andersen, steg frem fra mengden og lot sine gyldne trompettoner blande seg med Aldo Monrads allerede guddommelige tolkning av nasjonal- sangen. Om Aldo Monrad startet noe famlen- de, var det allikevel som om høyere makter holdt englefingrer om en usynlig og magisk taktstokk som dirigerte den overraskende duoen opp til de helt store musikalske høy- der. En impresario som tilfeldigvis befant seg på stedet, uttalte til Akersposten i går etter- middag at Monrad og Andersen, eller Magisk Messing som de nå kaller seg, kan nå langt. For oss var dette helt uventet, uttalte Fredrik Monrad, guttens Pappa som sammen med sin kone ikke klarte å skjule tårene i øyekroken da Akersposten møtte dem senere på kvelden under den spontane festen i nabolaget.

Klokken var åtte. Det var flere fremmøtte enn jeg hadde ventet. Mamma og Pappa stod litt i bakgrunnen. Pappa hadde filmapparatet. Jeg kjente igjen flere av foreldrene til gutter og jenter i klassen. Møkka-Mons stod helt foran. Han hadde ikke lenger armen i fatle, og støttekraven var en ny og litt mindre. Han lente seg til krykken. Overlærer Valberg var alvorlig og oppmarsjert. Han hadde tatt av seg duskeluen.

Vakka så på klokken. Jeg skuet utover mengden, men kunne ikke se Joffe. Vakka nikket mot meg. Tiden var inne. Jeg lot som jeg ikke så ham. Overlærer Valberg kremtet. Jeg fikk et hosteanfall og speidet etter Roald Andersen. Han lovet jo å komme. Møkka – Mons gliste og pekte på klokken. Noen klappet i hendene.

Vakka kom bort til meg.

– Klokken er fem over, hvisket han i øret mitt.

– Over? sa jeg.

– Spill, for faen, hveste Vakka. Saken var klar. Joffe hadde sviktet. Andersen hadde sviktet. Og jeg, jeg hadde sviktet. Livet mitt ebbet ut. Jeg tror jeg så hver enkelt av de fremmøtte i øynene idet jeg sakte hevet kornetten og la den mot leppene. Klokken var åtte over idet jeg trykket ned finger nr. 1 og lot Hr. Kornett utstøte noe midt mellom en rap og en promp. Jeg stanset et øyeblikk og justerte munnstykket og slapp spytt ut av spyttventilen. Så la jeg finger nr. 1, 2 og 3, alle sammen, over ventilene og blåste alt jeg greide. Det ble nok luft til et sirenelignende vuiiiiiiiiii etterfulgt av noe som kunne minne om et dampskip spilt baklengs. Pappa filmet ikke lenger. Mamma så ned i asfalten. Det var så stille i skolegården. Ikke et vindpust. Ikke et fly langt der oppe. Ingenting. Bare ansikter som stirret på meg. Det var jeg som var filmen. En skandale i nypressede bukser og med medalje fra Sarpsborg-turen. Jeg heter Aldo Monrad og har nettopp skjendet nasjonalsangen. Mamma så ganske trist ut. Jeg kunne jo ikke bare gå heller. Så jeg ble stående litt før jeg hevet kornetten til munnen for aller, aller siste gang i dette livet. Jeg kjente munnstykket kaldt mot leppene. Jeg kjente lukten av ventilolje og smaken av messing. Jeg trakk luften ned i lungene, men i det samme så jeg

overlærer Valberg komme rolig bort til po-
diet. Han bøyde seg over mot meg. Han luktet
gymtøy, og hvisket i øret mitt at nok er nok.
Jeg var i grunnen enig. Jeg forlot podiet. Gikk
gjennom menneskemengden som delte seg
rundt meg. Ved porten fant jeg sykkelen min.
Jeg satte meg oppå og syklet av gårde. Utover
Ringveien. Ut av byen. Vekk. Vekk. En drosje
i motsatt retning tutet på meg. Jeg så hender
som vinket. Jeg tror det var Roald Andersen.
Et hode stakk opp gjennom soltaket. Jeg tror
det var Cornelia.

– Skal vi kjøre berg og dalbanen? spør Pappa.

 – Nei, takk, sier jeg.

– Er det noe du vil ha? spør Mamma.

– La meg sitte i fred, sier jeg. Det sitter en spurv borte ved busken. Jeg kaster en brødsmule mot den. Spurven trekker inn i skyggene. Du må få dette på avstand, forsøker Pappa.

– Du må ta tiden til hjelp. Det har snart gått fire år ...

Jeg reiser meg og går ut av kafeen. Det er så stille på Liseberg om formiddagen. Bare lyden av lykkehjulet og et og annet hvin fra berg og dalbanen.

Langt borte hører jeg ropene. Svakt. Så svakt. Men allikevel er det som klør av stål griper inn i øregangene mine, tar tak i trommehinnene og klorer etter nervene mine. Barnerop. Saksofoner. Jubel. Klarinetter. Trompeter. Og...